KB187182

청춘남미

그래, 난 좀 뜨거워질 필요가 있어!

청춘 남미

차유진 지음

for book

PROLOGUE

공항에서

떠나면…… 뭐든 찾을 수 있거나,
내 안의 무거움을 놓고 올 수 있을 거야

벌써 어두워진 12월 초저녁의 공항, 출국 수속을 마치고 탑승 게이트를 찾아간다. 공항 유리벽 밖으로는 등 푸른 고등어 색의 밤하늘과 쓸쓸히 비어 있는 비행기가 보이고, 탑승 안내를 하는 여자의 건조한 목소리가 들린다. 공항이 가지고 있는 이상한 쓸쓸함. 도착할 때까지는 그 어디에도 소속됨 없이 그저 타고 가는 비행기의 좌석 번호만 있는, 국경이 없는 진공 상태. 공항에 머물면서 느낄 수 있는, 온전한 여행자만의 기분을 맛보고 있다.

인천－홍콩－LA－파나마시티－산티아고데칠레. 네 번의 경유를 의미하는 기나긴 꼬리표를 달고 사라지는 슈트케이스 뒤꽁무니를 보면서도 떠난다는 것이 전혀 실감나지 않는다. 오래전부터 마음먹고 계획해왔던 일인데도 이렇듯 실감나지 않는 여행이라니.

노트북 가방을 멘 다음, 핸드폰의 전원을 끄기 전에 마지막으로 통화를 한다. 마지막 커피, 마지막 통화…… 마지막이라는 말은 참으로 쓰기 싫지만 한 치 앞을 알지 못하는 우리들에게 지금 이 순간은 언제나 마지막이니까.

익숙해져야 하는 일상. 마지막과 시작이 항상 공존하는 현재를 위해 인사를 나누고 전원을 끈다. 내가 좋아하는 사람과 마지막 통화를 했다는 아주 작은 일 하나가 앞으로 맞을 서른세 시간의 비행을 30분도 안 되는 것처럼 느끼게 해줄지도 모른다. 순식간에 행복해진다. 비행기 좌석에 앉아 벨트로 몸을 묶고 높은 하늘 위에서 귀와 머리가 먹먹하도록 좋아하는 사람을 오래오래 떠올리는 일처럼 마음 간질간질한 일이 또 있을까?

사람들에게서 벗어나 외롭게 혼자 보내는 시간을 그리워하고 동경했지만 그만큼의 두려움도 더불어 생긴다. 낯선 곳으로 혼자 가는 쓸쓸함과 마침내 혼자가 되었다는 안도감이 복잡하게 뒤섞인 묘한 감정이 일어난다.

잠시 완전히 혼자가 되었다는 사실에 적응하기 위해 노트를 꺼내고 이어폰을 낀다. 참 상징적이게도 셔플로 설정해놓은 MP3 플레이어에서 랜디 크로퍼드의 「One day I'll fly away」가 흘러나온다. 희한하고, 유치하고, 웃음이 절로 나오는 선곡. 왜 하필이면 이 노래람. 전주만 들어도 가슴이 미어지는, 쓸쓸한 크루세이더스의 편곡, 그리고 더 쓸쓸한 그녀의 목소리.

I make it alone

When love is gone

Still you made your mark

Here in my heart

One day I'll fly away

leave your love to yesterday

언젠가는 멀리 날아가버릴 거야. 지난 당신의 사랑으로부터.

마음 아픈 노래지만 지금 사랑에 눈먼 나는, 그리고 다시 돌아오기 위해 떠나는 나는, 날다 보면 다시 제자리로 돌아올 수도 있다고 우기며 듣고 싶다. 아니, 그렇게 우기며 듣는다.

갑자기 부엌 식탁에서 혼자 놓아보곤 하던 타로카드가 생각난다. 모든 삶의 과정이 마치 우주처럼, 또 우주가 그렇듯 모두 둥글다. 인생의 흐름도 지구도 반복되는 사이클로 이루어진, 떠남과 돌아옴의 반복. 누구든 자기만의 '세계'를 완성하면 다시 '바보'가 되어 백지상태로 길을 떠나야 한다. 완성되지 않은 상태에서 헤맬지라도 답을 얻거나 바로잡기 위해서는 어쨌든 떠나야 하니까.

서글픈 사랑 노래나, 쓸쓸한 공항의 풍경이나, 갑자기 떠오른 타로 그림조차 모두 나에게 용기를 주고 위안을 주고 있으니 두려워하지는 말자. 내가 바깥의 어떤 것을 향해 갈 때 실은 나 자신을 향해 가는 것이라는 어느 시인의 말처럼. 떠나면 찾을 수 있거나, 지금 버겁게 짊어지고 있는 것들을 내려놓고 올 수 있을 거야. 혹 무슨 일들이 여행 중에 일어나더라도, 내가 가장 행복한 곳은 길 위라는 것을 알고 있으니까.

CONTENTS

ARGENTINA 아르헨티나

BRAZIL 브라질

MEXICO 멕시코

PERU 페루

칠레

서른세 시간의 비행

태어나서 여태껏 타본 비행기 중 가장 추웠던, LA에서 파나마시티까지 가는 밤 비행기. 북해를 거쳐 시베리아 위를 날았던 유럽행 비행기도 이렇게 춥지는 않았는데. 승무원들이 전부 다 잘생긴 남자들이었다는 사실도 전혀 위로가 되지 않는다. 담요를 세 장이나 청해 넣고도 급속 냉동고의 참치처럼 벌벌 떨었다.

드디어 파나마시티 공항. 비행기 밖을 빠져나오는 순간, 덮쳐오는 습하고 무더운 공기. 그 생경함을 어떻게 표현할 수 있을까.

처음 만나는, 겨울 달력을 가진 여름이라니.

차가운 병맥주를 냉장고에서 꺼냈을 때처럼, 식은땀을 흘리며 뛰어가 산티아고행 비행기로 갈아탄다. 서른세 시간의 비행 중 마지막 비행기. 몇 시간 후면 픽업 나온 차를 타고 숙소에 가서 쉴 수 있겠지. 온몸을 감싸고 있는 무거운 옷을 벗어던지고, 내가 만들어온 라벤더 비누로 씻고 나서 맥주 한잔 마시고, 침대에 엎어져 이틀 동안 노곤하게 누워 있을 상상으로 버텨낸다.

흰 종이에 가느다란 볼펜으로 적은, 잘 보이지도 않는 피켓을 든 키가 아주 작은 중년 아저씨를 만났다. 그의 이름은 리카르도. 아저씨는 내 이

칠레의 산티아고 공항에서 시내로 들어가는 길.
드디어 남미에 왔다.

름을 확인한 다음, 다짜고짜 짐을 빼앗더니 펄쩍 뛰어(내 키도 크진 않지만 아저씨가 꽤 작은 관계로) 내 양 볼에 쪽쪽 소리가 나도록 입을 맞춘다.

이런, 이런! 고맙지만 저는 서른세 시간 동안 세수를 한 번밖에 안 했다고요, 아저씨!

어쨌든 리카르도 아저씨의 낡은 '아반떼'(남미 전역에 한국 중고 자동차들이 널려 있다)를 타고 산티아고 시내로 출발. 밖은 이미 완전히 어두워져 있었다. 숙소가 있는 바리오 파리스 론드레스(Barrio Paris Londres)도 얼마 남지 않았다. 아저씨는 발디비아(Valdivia)로 갈 때 찾아가야 할 기차역과 버스 정거장, 칠레 국립대와 대통령궁을 손짓으로 알려주더니 갑자기 목소리를 낮춰 말한다.

"아가씨는 1973년에 여기서 무슨 일이 있었는지 알아? 알지도 모르지만 칠레는 여러모로 한국과 비슷하다고. 이 오히긴스 대로에서 얼마나 많은 사람들이 죽었는지 몰라."

산티아고에서도, 내가 떠나온 곳에서도, 많은 사람들이 혁명을 시도하다 죽어갔다. 지금의 아이들은 학교에서 피노체트 이야기와 민주주의를 위해 싸운 모든이야기를 사실 그대로 배우고 있을까? 시차도 열두 시간 반 대, 계절도 여름인 이곳에 도착해 나누는 첫 대화가 두 나라의 우울한 닮은꼴이라는 것이 꽤나 묘한 감정으로 다가온다. 친근하면서도 쓰라린. 대로를 빠르게 달리는 한국 자동차들처럼.

지금 난 먼 곳에 혼자 있다. 그러니 나만 생각하자. 이곳에서는 이기적이 되어도 괜찮아.

LA 공항에서 새벽에 남미로 가는 비행기를 기다리는 중.
나도 올리비아처럼 엎어져서 쉬고 싶었다.

초여름 풀밭에서
얼음보다 차가운 백포도주를 마시다

운두라가 와이너리로 가는 버스는 중앙역에 있는 산보르하 버스 터미널에서 출발한다. 터미널에서 탈라간테로 가는 버스를 찾아 운두라가에 세워줄 수 있냐고 물어보면 직행이 아닌, 중간중간 서는 버스에 태워준다. 가격은 750페소. 우리나라 돈으로 1천5백 원쯤?

용기를 내어 더듬거리며 스페인 말로 세워달라고 부탁한 효험도 없이 '미안해 잊어버려서' 한마디만 던지고 먼지 날리는 길에 내려주는 바람에 다시 두어 정거장을 되돌아와야 했다. 버스 뒤꽁무니에 대고 한국말로 시원하게 욕 한번 던지고, 반대편을 향해 걷기 시작했다. 비냐까지 다시 걸어오는 길. 피부가 땅길 정도로 뜨거운 햇살을 받고 난 뒤 나무 밑 시원한 그늘과 바람을 선물처럼 느끼는 기분이란 얼마나 상쾌한지. 그나저나 이

틀 전에 떠나온 서울은 지금 얼마나 추울까?

운두라가 와이너리에 도착하자 입구에서부터 경비가 맞아준다. 아주 오래된, 커다란 포도주병 모형이 세워져 있는 대문과 넓디넓은 풀밭, 장미와 나무 그늘. 그 벤치에 10분 정도 앉아 있으니 가이드가 다가온다.

"11시에 첫 투어를 시작하려고 했는데 당신밖에 안 온 것 같아요. 그래도 그냥 시작하죠."

칠레에 도착한 뒤 처음으로 영어를 유창하게 말하는 사람을 만난 것 같다. 그의 이름은 미겔. 하루에도 몇 번씩 투어를 하며 같은 말을 반복해야 할 텐데, 혼자서 설명을 듣는 것이 조금 미안한 마음이 든다. 하지만 혼자 투어를 하면 이야기도 많이 하고, 무엇보다 시음용 와인을 조금 넉넉히 마실 수 있지 않을까 하는 생각에 미안한 마음은 금세 자취를 감춘다.

포도밭으로 들어가는 초입, 정원 모퉁이를 돌자 멀리 보이는 산맥 그늘 밑으로 포도밭 이랑이 쭉 뻗어 있다. 처음 만나게 되는 와인이 태어난 포도밭……. 피노누아(pinot noir)다. 화이트 와인이나 호주의 시라즈처럼, 칠레에서 특히 잘된다는 카미네르와 같은 포도들은 해안가 건조한 지역에서 재배해 가져오고, 이곳에서는 약간의 피노누아와 카베르네 소비뇽만 키운

다고 한다.

　포도밭과 포도에 해충이 오는것을 미리 경고해주기로 유명한 장미 덤불도 보고, 현대식 설비의 와인 저장고를 아주 느린 걸음으로 산책했다. 2월의 포도 수확기를 대비해 곳곳에서 발효 탱크들을 닦는 모습도 볼 수 있었다. 그리고 숙성을 위해 오크통으로 들어간 지 얼마 안 된 어린 와인들의 저장고까지.

　미젤은 자신이 가장 좋아하는 곳이라며 월계수와 보라색 이름 모를 꽃나무가 심어져 있는 오래된 와인 저장 창고로 안내했다. 오랜만에 만나는 월계수라서 잎 몇 개를 따본다. 마른 월계수가 아닌 싱싱한 월계수다. 아까 본 나무 그늘 밑에서 월계수 잎이랑 와인을 넣고 비프 부르기뇽을 한 솥 끓여 친구들과 와인을 마시면 행복하겠다고 말하자 안내를 맡은 미젤이 아주 오랫동안 알고 지낸 친구처럼 웃으며 나에게 핀잔을 준다.

　"떠나와서도 친구들 생각뿐이야?"

하하하, 미겔! 그러게 말입니다.

월계수와 비프스튜 그리고 와인 이야기로, 겨우 10분 만에 그와 퍽 가까워졌다. 주변의 둘러볼 만한 다른 와이너리와 좋아하는 와인 이야기, 나의 여행 계획, 싸구려 레드 와인에 콜라를 타서 마신다는 기절초풍할 남미 사람들의 취향, 떠나오기 전날 좋아하는 사람과 함께 마셔 행복했던 뉴질랜드 소비뇽 블랑까지 정말 많은 이야기를 나누었다.

미겔은 소믈리에 공부를 했지만 와인 메이커로 살고 싶단다. 칠레에서 공부하는 것만으로는 모자란 듯싶어 오스트레일리아로 유학을 갈까 고민 중이라고도 했다. 칠레도 와인 산업이 발달했고 나름 공부도 할 수 있겠지만 이곳에서만 머물러 있으면 안 될 것 같다며, 당장이라도 회사를 그만두고 싶다고 한다.

맙소사! 친구들과 제자들이 찾아와 이런저런 고민을 도마 위에 늘어놓

고 썰어대던 나의 키친을 떠나온 지 채 이틀도 안 되어 그들과 똑같은 고민을 쏟아내는 누군가를 만나게 되다니.

이곳 운두라가도 더 이상 설립자의 자손들이 운영하고 싶지 않아한다고 한다. 자본력 있는 대기업에 끌려가는 안타까움은 어딜 가나 같은 모양새인가 보다. 오래된 친구처럼 모든 이야기를 시무룩하게, 혹은 솔직하게 털어놓는 그에게 나도 오래된 친구처럼 말해준다. 오늘 회사 그만두고 기분 안 좋으면 한잔하게 연락하라고.

오래된 포도주들이 잠들어 있는 저장 창고와 옛날 포도주 포장용기들이 늘어선 지하 동굴들을 둘러본 다음, 드디어 와인을 맛보러 갔다. 시음 탁자 위에 나의 여행 동반자 '올리비아'를 앞혀두고 기념으로 주는 새 와인

오크통에서 익어가는 운두라가의 피노누아.
아직 덜 익은 와인의 신 향기와 새 오크통의
엷은 바닐라 향이 숙성실에 가득하다.

글라스에 카베르네 소비뇽과 카미네르, 그리고 샤도네이를 넉넉히 따라 마신다.

아직 남미 모드로 전환하지 못한 나의 지친 몸과 버스 정거장에서 이곳까지 오는 동안의 긴장, 그리고 한 시간여의 끝없는 수다 끝에 이어진 와인 석 잔의 맛을 표현하기란 정말 어렵다.

좀 따분하다고 투덜거리며 마신 샤도네이의 맛에 완전히 반해 두 잔을 가득 마신 뒤 한 병을 사버렸고, 조금은 가벼웠던 카베르네 뒤에 이어진 묵직하고 톡 쏘는 후추 맛의 카미네르 덕분에 흠뻑 취했다.

샤도네이 병과 글라스를 들고 계산대에 있는 여자와 무슨 말을 하는지도 모르면서 낄낄거리며 웃고 있으니 미겔이 일본에서 온 단체 관광객을 맞으러 가야 한단다. 연락처와 함께 작별 인사를 주고받은 다음, 비틀거리는 걸음으로 병과 글라스를 들고 풀밭 한가운데로 걸어나갔다. 술이 깰 때까지 넓은 풀밭 어디든 누워 있다 가도 사람들 눈에 띄지 않겠지.

그늘 아래 드러누워 나뭇잎 사이로 가늘게 내리쬐는 햇살을 받는다. 적당한 취기와 즐거운 마음, 그리고 어이없을 만큼 아름답고 시원한 초여름의 공기.

이 모든 것을 누려도 되는 건가라는 죄책감도 잠시, 잔디를 가로질러 나무 밑에 자리를 펴고 앉아 주스와 와인과 샌드위치를 나눠 먹으면 좋았을 친구들을 떠올린다. 칠레 산티아고 근교의 와이너리에서 초여름 아침부터 취해 풀밭에 누워서야 비로소 여행을 떠나왔다는 실감이 든다. 외로움과 자유로움이 섞인, 웃음도 나지만 눈물도 날 것 같은 이상한 기분.

또다시 생각한다. 누군가를 좋아하는 마음을 얼마나 오래 간직하고, 변치 않겠다는 약속과 혼잣말을 몇 번이나 해야 그 누군가에게 전달되어 나에게 다시 돌아올 수 있을지를.

초여름 푸른 와이너리
풀밭에 앉아 있는 내 딸(?) 올리비아.
엄마와 같이 와인 마시기에는 아직 이른 나이.

중앙시장에서의 첫 식사, 파일라 마리나

산티아고에서 발디비아로 떠나는 날. 버스 터미널에서 야간 버스를 예약하고 내려가면서 먹을 과일도 살 겸 중앙시장 메르카도 센트랄(Mercado Central)까지 슬슬 걸어가보기로 했다. 무엇보다 제대로 된 점심을 먹고 싶었다.

시차 적응도 어려웠지만 낮잠 자고 늦게 저녁을 시작하는 이곳의 식사 패턴에 익숙해지지 않아 제대로 된 밥 구경을 못했다. 당일치기 여행으로 다녀온 발파라이소의 해변가 식당은 관광지답게 너무 비쌌고, 기업화된 마트에서 샌드위치를 사 먹기엔 왠지 우울한 기분이 들었다. 샌드위치도 피자도 핫도그도 아닌, 이곳의 음식을 먹고 싶었다.

빵과 햄, 치즈의 비율이 맞지 않는 차가운 레디메이드 샌드위치도 싫었지만, 부엌을 버리고 떠나온 지 며칠이나 되었다고 재료를 바리바리 늘어놓은 채 나 혼자 먹을 샌드위치를 조립(?)하는 것도 지겨웠다. 그냥 따뜻하고 맛있는, 산티아고 사람들이 평소에 먹는 음식 한 접시면 충분할 것 같았다. 내가 생각하는 제대로 된 식사란 예약이 필요한, 팔꿈치 살이 아리도록 풀 먹인 흰 천을 깔아놓은 테이블에서 웨이터들의 서비스를 받아가며 먹는 것이 아니라, 시장이나 선술집에 가서 난생처음 보는 메뉴를 꼼꼼히 들여다보고 주인이 추천해주는 음식을 주문해 술 한잔 곁들이며 천천히 먹는 것이다.

그런 마음으로 찾아간 아우마다 거리는 넓고 깨끗하고, 쇼핑점들이 모여 있는 현대적인 곳이다. 거리의 악사들이 연주하는 메렝게(Merengue)나 안데스 음악만 아니라면 마치 유럽의 거리처럼 보일 정도다.

시장을 걸어다니고 싶은 생각에 숙소를 예약할 때도 이 거리와 가까운 파리스 론드레스로 결정했었다. 천천히 걷다 보면 나오는 플라자 데 아르마스…… 중앙광장을 지나 15분 정도 걸으면 옅은 노랑과 살구색을 섞은 듯한 페인트가 칠해진 크고 깨끗한 시장 건물이 나온다. 토요일 오후라 장을 보는 사람들이 많지는 않지만 앞치마를 두른 상인들과 짐을 부려놓은 트럭들이 입구에 빽빽이 들어서 있고 꽃향기와 생선 비린내들이 적절히 섞인 공기가 떠돈다. 조금만 큰 소리로 말해도 싸움을 거는 듯 시끌시끌한 카스텔라노가 경상도 사투리만큼이나 정겹게 들린다.

카메라를 목에 걸고 가방을 고쳐 멘 다음, 시장에 들어선다. 새벽 일찍부터 열어서인지 가게들이 한산하고 상인들은 호객 행위를 하기보다는 물건을 다시 진열하거나 신문을 보거나 차를 마시고 있다. 그리고 이 시간, 이 시장에서는 카메라와 가방을 꼭 움켜쥐고 나타난 동양 여자인 내가 구경거리다.

농수산물이 풍부한 나라로 유명한 이곳의 초여름 과일 가게는 그야말로 한 폭의 그림이다. 딸기와 복숭아, 살구와 체리, 망고와 아보카도 그리고 내가 좋아하는 푸석푸석한 질감의 노란 사과와 오랜만에 만나는 조롱박 모양의 배. 가격은 물론 서울과는 비교할 수 없을 정도로 싸다. 수많은 과일 가게, 마테 차에 쓸 말린 허브들을 매달아놓고 나무절구와 함께 파는 가게, 닭집 같은 곳들을 구경하면서 그네들에겐 별것 아닌, 고작 과일이나

말린 허브들에 감탄해서 쩍쩍대며 연신 사진을 찍어대는 나를 가게 주인들이 모두 구경한다.

너무 많이 진열해놓지 않은 집에서 아까 봐두었던 몇 가지 과일을 샀다. 붉은 체리와 생수통에 넣을 통통하고 즙 많은 레몬, 살구와 배, 오렌지를 사고, 시장에서 가장 맛 좋은 파일라 마리나(Paila Marina)를 만드는 곳을 덤으로 알아냈다.

칠레에서 가장 흔하게 먹을 수 있다는 해물 수프 '파일라 마리나'. 산티아고의 젊은이들은 밤새도록 클럽에서 놀거나 술을 마시고는 이곳 시장으

로 몰려와 파일라 마리나를 먹거나 해장을 한단다. 나도 밤새도록 살사 (Salsa)를 추고 지친 발을 끌며 새벽 시장으로 와 친구들과 먹었으면 더 즐거웠겠지만 오늘은 일단, 혼자서 즐겁게!

과일 가게 아저씨가 추천해준 가게 '돈데 아우구스토(Donde Augusto)' 에서 레모네이드와 함께 파일라 마리나를 주문한다. 가격은 2천 원 정도. 조그만 돌뚝배기에 홍합이나 여러 가지 조개, 새우가 섞여 나오는데 빵과 고수를 넣은 토마토 살사소스와 촘촘한 질감의 납작한 빵, 엄청나게 즙이 많은 레몬을 두 개 썰어 내온다.

북엇국에 딸려 나오는 새우젓이 그냥 장식이 아니듯, 해물 수프를 먹을 때는 반드시 레몬 즙을 듬뿍 뿌려 먹어야 한다. 온갖 해물이 어울린 강한 맛을 잡아줄 뿐 아니라, 배탈이 나는 것을 막아주기도 하니까. 국물에서는 와인과 홍합 그리고 성게 알의 맛이 진하게 느껴졌다. 참 신기하다. 레몬 즙을 뿌리지 않고 먹으면 비린데 뿌리고 나면 맛이 확 달라지다니.

내가 아주 좋아하는 그리스풍 레몬 치킨 수프가 생각났다. 차가운 레몬 즙을 뿌려 수프가 좀 빨리 식어버리는 점은 마음에 들지 않지만 그래도 레몬을 듬뿍 짜 넣어야 간이며 맛이 맞는다. 하여간 살짝만 눌러도 즙이 철

살짝 비린 듯한 성게 알 국물에 레몬즙과
톡 쏘는 고수를 넣어야 맛을 내는 파일라 마리나.

철 흐르는 레몬 때문에 쉽게 행복해졌다. 알통이 튀어나오도록 힘껏 짜고
또 짜도 겨우 세 스푼 정도 나오던, 서울에서 파는 레몬이여! 당분간 안녕!

빵을 조금 찢어 차가운 버터를 바르고, 레몬 가득 넣은 국물과 해산물을
한 숟갈 떠 입에 넣고 함께 꼭꼭 씹는다. 낯선 곳에서 새로운 음식을 마음
편히 먹는 것. 여행을 떠나올 때마다 내가 가장 먼저 하는 일이다. 남이 만
들어준 수프 한 그릇으로, 벌써 이곳에 오랫동안 산 것만 같다.

노천 카페에서의 맥주 한잔……
그래, 떠나오길 잘했어

시장에서 80퍼센트 만족스러운 식사를 끝내고 숙소를 향해 걷는다. 아르마스 광장 주변에 있는 유명한 도서관이나 성당 같은 고정적인 관광 코스를 둘러보지 않았으므로 일부러 천천히 걸었다. 아침 일찍부터 발디비아로 가는 표를 예약하느라 서둘렀던 닷인지 아니면 이른 점심을 먹고 나서 그런지 잠깐 쉬어가고 싶었다.

덥기도 무척 더웠다. 게다가 썩 맛있는 해산물 수프였지만 시장에서는 술을 팔지 않는다는 규칙 때문에 화이트 와인이나 맥주 없이 식사하느라 조금은 재미가 없었던 까닭에 뒤풀이 겸 노천 카페에서 다리를 꼬고 앉아 있는 멋쟁이 노신사 흉내를 내며 맥주를 한잔 마시기로 했다. 자리를 잡고 앉아 노트와 샤프를 꺼내고 칠레 맥주 에스쿠도(Escudo)를 시킨다.

대성당 옆에는 엄청나게 거대한 코카콜라 트리가 서 있다. 트리의 크기도 그렇지만 장식이라곤 빨간 코카콜라 버튼 한 가지만 있다는 것, 거기에다 한여름 날씨에 크리스마스트리를 본다는 것이 너무 낯설어 한참을 올려다보았다. 문득 코카콜라에서 일하는 친구가 생각나 트리 사진을 찍었다. 소주에 사이다를 타 마시던 그녀는 입사한 다음부터 콜라로 바꾸어 타 먹을 정도로 애사심(?)이 강한 친구다. 그래, 크리스마스카드로 이 사진을 보내줘야지.

"세뇨리타! 카메라를 조심해요."

앞자리의 멋진 노신사가 갑자기 내 테이블로 다가오더니 주의를 준다.

"여긴 중앙광장이야. 좀도둑이 많아서 카메라 같은 건 순식간에 채간다고. 목에다 잘 매고 있어요."

그러곤 자리로 돌아가 다리를 꼬더니 아무 일도 없었다는 듯 다시 생각에 잠긴다. 할아버지, 고맙습니다. 너무 반할 정도로 늙으셨잖아요.

카페에 앉아 차가운 맥주를 마시면서 스케치로 시간을 보낸다. 낡은 테이블이 다리가 안 맞는지 조금씩 삐걱거려 글쓰기가 힘들지만 샤프를 꾹꾹 눌러가며 수프 이야기도, 친구에게 보낼 메일도, 혼자서 간직할 연애편지 한 자락도 써본다. 손가락 끝이 간질간질한 기분, 참 오랜만이다. 뭐든 쓰고 싶은 기분, 그림 그리고 싶은 기분, 기운 내이 뭐든 다시 시작할 수 있을 것 같은 기분, 따뜻한 햇살과 차가운 맥주가 온몸에 기분 좋게 스며드는 이 행복한 기분…… 정말 오랜만이다.

내 생애 가장 평화로운
시간을 안겨준 발디비아

발디비아에서 머문 일주일 동안 느리지만 비교적 규칙적인 하루하루를 보냈다. 호스텔에서 주는 아침밥을 먹고 발디비아에서 유명한 강 옆의 노천 시장 '페리아 플루비알'까지 걷는다. 이 시장은 내게 발디비아 여행을 결심하게 만들어준 곳이기도 하다.

발디비아 강에는 이곳의 마스코트인 바다사자들이 떼 지어 산다. 바다의 철판 위에 드러누워 잠을 자거나 혹은 일하느라 바쁜 시장 생선 가게의 오빠 언니들 뒤에 얌전히 앉아 다듬어낸 생선 뼈와 대가리를 받아먹는 것이 녀석들의 일상이다. 하여간 생선 도마 너머에 얌전히 앉아서 생선 토막을 기다리는 바다사자 녀석들은 정말이지 수염을 마구 잡아당기며 함께 헤엄치고 싶을 정도로 귀엽다. 발디비아를 방문한 거의 모든 관광객들이 바다사자들의 그 귀여운 모습을 바라보며 섬을 일주하는 페리보트를 기다린다. 매일 보는 녀석들이라 이름을 붙여주고 싶었지만, 모두 다 두툼한 몸매에 검고 반질반질한 모습이 똑같아 보여 포기하기로 했다. 요리를 배우던 유학 시절에 큰 연어나 양 한 마리를 잡을 때는 항상 조별로 이름을 붙이곤 했었는데. 2001년 웨딩 파티 때, 껍질을 벗겨야 했던 연어에는 '오사마 빈 라덴'이라는 이름을 붙여주었었지.

그야말로 색색의 식재료들로 가득한 천국 같은 곳, 페리아 플루비알. 길

강으로 둘러싸인 조용하고 아름다운 발디비아.
강 주변의 풍경들은 하나의 커다란 그림엽서처럼 아름답다.

강 옆의 노천 시장 페리아 플루비알.
신선한 농수산물로 가득한 이 시장과
강에 사는 붙임성 많은 바다사자는
발디비아의 상징이다.

이로 50미터도 안 되는 시장 천막 안 한쪽은 생선을, 반대편은 채소와 과일을 파는 상점들로 이루어져 있다. 작지만 칠레의 농수산물 집산지 중 하나인 '오소르노'와 가까워 과일이며 채소의 신선도는 두말할 필요 없이 최고다.

매일 아침 시장 구경을 나서면 마치 내 가게인 것처럼 하나하나 흐뭇하게 둘러보며 엄청난 양의 사진을 찍어댔다. 처음 보는 재료들은 시장 아주머니들에게 이름을 적어달라고 조르기도 하면서. 맨입으로 적어주는 경우도 없고, 영어를 할 줄 아는 상인이 아무도 없어 의사소통이 되지 않았지만, 시장에 나간 지 사흘쯤 되자 먼저 인사를 건네는 과일 가게 아줌마도 생겼고 늘 사람 같은 표정으로 생선 뼈를 음미하는 누렁이하고도 친해졌다.

점심은 시장 길 건너편 민예품 시장 1층의 '엘 라이 델 마리스코(El Ray del Marisco)'에서 먹는다. 독일인들이 정착해 발전시킨 발디비아에는 칠레에서도 알아주는 '쿤스트만'이라는 맥주 공장이 있는데 맥주광인 나도 그렇게 맛있고 밸런스 좋은 맥주는 처음이었다. 감격에 겨워 맥주병을 노려보고 있는 내게 "한 병 더 드릴까요?" 하며 센스 넘치게 물어보는 로사라는 종업원 덕에 난 닷새 동안 내내 그 집에서만 점심을 먹었다. 올해 스무 살인 로사는 내가 시장에서 사온 딸기나 체리를 후식으로 먹으라며 씻어주기도 할 정도로 정 많고 친절한 사람. 여행은 이렇게 주변 사람들의 호의로 꾸려갈 수 있는 것이다.

점심을 먹고 나서 발디비아와 카예카예, 두 개의 강이 만나는 곳을 거슬러 버스 터미널까지 뻗어 있는 조용한 길을 산책한다. 왕복 6킬로미터 정도의 길이지만 워낙 풍경이 아름다워 빠르게 걷기보다는 중간중간 놓여 있는 벤치에 앉아 바람도 맞아가며 천천히 걸었다. 여러 가지 생각으로 머릿속이 복잡한 가운데 무한 반복되고 있는 모든 일들이 이곳에서는 강물처럼 흘러가버린다. 난 그저 그늘진 벤치에 등을 편하게 기대앉아 씻어 나온 딸기를 씹으면서 곤잘로 루발카바와 찰리 헤이든의 음악을 번갈아 들으며 느긋하게 시간을 보내면 그뿐. 발디비아의 날씨는 더할 나위 없이 쾌청하지만 약간은 우울한 헤이든의 「쿼텟 웨스트」와도 잘 어울렸다. 아마도 고요하기 그지없는 동네 분위기 때문이겠지.

요리와 마감, 시험과 수업 시간, 서른셋 이전에 결혼하고 서른여섯 이전에는 아기를 가져야 하는 것이 아닐까라는 생각, 그전에 잘 잊히지 않는 사람을 빨리 잊어버리려고 노력하기, 인정받고 자리 잡는 데 몰두하며 무언가 시간 내에 꼭 해내야 한다는 것, 잘해내야만 한다는 악쓰기, 그 자체였던 지난 10년이었다. 나는 인생에서 벌어지는 모든 일들을 음식이 나오는 시간처럼 정해놓고 사는 것이 옳은 줄만 알았다.

뜻대로 되지 않더라도 스스로를 들들 볶아 모양을 갖추는 것이 괜찮은 인생이라고만 생각했었다. 그렇게 내가 죽어가던 바쁜 일상에서 벗어나, 아니 도망치듯 찾아온 이곳, 칠레 남부의 작은 마을 발디비아에서 나는 지금 한없이 느리다. 그림엽서에 올려도 될 법한 아름다운 풍경을 보며 천천히 걷고, 그런 풍경을 보면서 번개같이 카메라를 빼어 들지도 않는다. 여행을 떠나와 일주일이 지나도록 사라지지 않던, 일하지 않는 것에 대한 불안감도 이젠 옅어졌다.

이곳에서의 시간은 흘러가는 것이 아니라, 그저 내 주변을 감싸며 아주 천천히 흐르고 있는 것 같다. 이처럼 느리게 시간을 보낼 수 있다는 것만으로도 충분히 축복받았다고 생각하는, 한층 부드러워진 나 자신에게 깜짝깜짝 놀라며 이곳에서의 하루하루를 보낸다.

니에블라의 벤치에 앉아
내 마음을 구경하다

민예품 시장 앞 정거장에서 버스를 타고, 동네 사람들이 추천한 '니에블라'에 가보기로 했다. 슬리퍼와 도시락, 올리비아도 데리고. 한 시간이나 기다려 탄 버스는 10분 만에 카예카예 강 위의 다리를 건너 '쿤스트만 맥주 공장'을 지나, 바다가 아닌 흙먼지 가득한 길 한가운데 내려준다. 당황한 내가 어느 쪽으로 가야 하느냐고 묻기도 전에 버스 차장 아저씨가 왼쪽으로 쭈욱 가라고 외치더니 사라진다.

니에블라(Niebla). 안개라는 이름이 무색하게도 하늘엔 구름 한 점 없다. 햇살이 엄청나게 뜨거운데 도대체 얼마나 걸어야 하는 건지. 하지만 나의 장점은 좋아하는 것 앞에서 금세 단순해진다는 것! 걸어가던 중간에 수국 이 피어 있는 집을 보자 기분이 금방 좋아진다. 꽃을 보며 50걸음쯤 걸어 가니 바다가 보인다. 지금까지 보아온, 어떤 바다하고도 다른, 그런 넓고 눈이 시리게 푸른 태평양이다. 넓고, 푸르고, 호수처럼 잔잔하다.

발디비아도 그렇지만 이곳 니에블라 해변 역시 멋진 경치가 펼쳐진 곳 에는 어김없이 벤치가 놓여 있다. 누구든, 아무리 바쁜 일이 있어도 잠시 앉았다 가고 싶은 자리. 나무로 만든 심플한 벤치도 있지만 색을 칠하고 철제 팔걸이를 달아 꽤 멋을 부린 것들도 있다. 그런 벤치들을 만날 때마 다 문득문득 그리워지는 두 가지가 있다. 같이 있으면 좋을 친구와, 시간 이 없어 못다 읽었던 두꺼운 책들.

울타리에 앉아 새를 관찰하며 조용히 오후를 보내는 벤치 저 끝의 할아

멋진 경치가 있는 곳이라면 어디든 꼭 놓여 있는 벤치.
가까운 친구, 몇 권의 책 그리고 사색의 시간을 부르는 자리다.

고요하고 넓은 바다부터 검은 모래해변과 절벽까지.
나에플라는 작지만 다양한 아름다움을 볼 수 있는 곳이다.

버지와 나 그리고 기념품을 파는 아주머니 둘 말고는 아무도 없다. 울타리 밑의 작은 민들레와 돌벽에 힘들게 새겨놓은 연인들의 낙서를 구경했다. 큰 바위를 끌로 파서 낙서를 하다니. 그나저나 저 바위 위에 하트를 그린 커플은 아직도 만나고 있으려나? 바위에 새기든, 몸에 새기든, 무엇을 새겨 놓으면 대부분 보이지 않는 마음보다야 오래가겠지. 그래서 사람들은 이렇게 돌 위에 이름을 새기고, 맹세를 하고, 반지를 주고받는지도 모르겠다.

울타리를 넘어가면 해변인 줄 알았는데 길이 끝나는 곳은 절벽이었다. 낭떠러지 밑으로 시원한 해안선과 푸른 바다가 보이긴 했지만 내려갈 수는 없어 길을 한참 돌아 3킬로미터 정도 떨어져 있다는 해변가까지 걸어보기로 했다. 어차피 오늘 하루는 이곳 바닷물에 발을 담그고 하루 종일 놀기로 마음먹었으니까. 내려오면서 봐두었던, 경치가 제일 좋은 벤치를 차지하기 위해 비치 샌들을 꺼내 신고 해변가 위 언덕으로 다시 올라간다. 다행히 그 벤치 옆에 샌드위치처럼 서로 몸을 포갠 채 혓바닥이 상대방 내장까지 닿을 듯 키스하던 커플도 사라지고 없었다.

칠레 사람들은 시간만 나면, 좋은 경치가 보이기만 하면, 잠시 앉아 쉬거나 낮잠을 자거나 연인과 키스를 한다. 시간이 남아돌아서가 아니라 바쁜 중에도 잠시 시간을 내어 쉴 줄 아는 그들의 여유…… 나는 마냥 부럽기만 하다. 영국인들이 아무리 바빠도 오전 11시에는 잠시 쉬며 차를 만드는 것처럼.

숨 막히게 아름다운 경치가 보이는 벤치를 차지하고 앉아 먹다 남은 체리와 슈퍼마켓에서 구입한 미니 바닐라 파운드케이크를 꺼낸다. 기분 좋게 말라가는 젖은 발과 조금은 따가운 오후의 햇살, 그리고 푸른 바다에 비현실적으로 행복해진다. '노에우 호자(Noel Rosa)'의 오래된 삼바를 들으며 다시 메모와 연애편지 모드로 돌아선다. 올리비아에게도 바다 구경을 시켜준다. 음악을 듣고, 바닷물에 젖은 발을 쭉 펴서 말리고, 벤치 하나 전세 내어 서너 시간 그렇게 앉아 햇볕을 쬐거나 바람을 쐬면서 심호흡도 열심히……. 더 바랄 것 없이 평화롭고 조용하다. 내게 눅눅히 스며든 습기를 말리고 태양의 기운을 흠뻑 받아 나를 바라보고 원하는 사람들에게 따뜻하고 평화로운 기운을 주고 싶다.

떠나온 지 열흘이 넘었건만 난 아직도 끊임없이 미안하고 아쉬운 마음에 시달린다. 햇살과 고요함과 꽃과 바다를 나 혼자 봐도 괜찮은 건지 싶어서.

호스텔 아이레스부에노스

발디비아의 아이레스부에노스 호스텔. 버스 터미널에서는 걸어서 40분, 차를 타면 5분 만에 갈 수 있다. 칠이 조금씩 벗겨져가는—그 위로 여러 번 덧칠했음이 분명한—푸른 대문과 대문 옆 수풀에서 조용히 날 지켜보다 후다닥 지나가는 흰 고양이 한 마리 그리고 다운타운으로 걸어나오는 20여 분의 산책길이 무척이나 아름다운 곳이어서 걷는 것이 늘 즐거웠다.

여전히 시차에 적응하지 못한 채 늦게 자고 늦게 일어나 부스스하게 나오는 나를 위해 아침 식사 시간이 지났지만 토스트를 데워주는 친절한 주인 여자와 왜인지는 모르지만 아이레스부에노스라는 이름처럼—사실은 뒤집어놓은 이름이지만—탱고 테마로 만들어놓은 어설픈 인테리어와 부엌 벽에 기대어놓은 대여 가능한 주인장의 출퇴근 자전거도 마음이 간다. 거실엔 카를로스 가르델의 초상화들과 가스등, 탱고 용어로 방 이름을 붙였는데 내가 묵었던 더블 룸은 간초(gancho, 남자와 여자 다리를 가위처럼 엇갈리게 한 다음 여자가 채찍 휘두르듯 남자 다리 안쪽으로 휘두르는 동작. 무척 섹시하지만 일반 밀롱가에서는 남의 다리를 찍어 멍들게 할 수 있음)였다. 아침 먹을 때 듣는 크립(creep)은 지나치게 비장한 감이 있지만

행고를 테마로 어설프게 꾸며놓은 호스텔의 거실.
비가 오는 날이면 모두 관광을 포기하고 둘러앉아
와인을 마시며 이야기를 나누곤 했다.

호스텔 주인이 아침 식사 시간에 모두를 배려해 팝 음악을 틀어준다는 것만으로도 감사해야 할 일이다. 그래서인지 모두 심각한 얼굴로 토스트를 씹었다.

대부분의 호스텔들이 북적북적 시끄러운 파티 분위기라면 여기는 정말 중간 정착지. 쉬어가는 호스텔이라는 느낌이 든다. 내가 머문 일주일 동안 함께 묵었던 친구들은 거의 다 푸에르토몬트를 거쳐 칠레 남부나 아르헨티나로 넘어가는 배낭족이었으니까.

"여기는 볼 만한 게 별로 없는 것 같아."

"너는 일주일이나 머무른다니 이곳이 정말 좋은가 봐."

아침 식탁에서 일주일 정도 머무를 예정이라는 내 말을 듣고 다들 신기해했지만 난 이 호스텔을 사서 운영하고 싶을 정도로 이곳 발디비아와 아이레스부에노스 호스텔이 정말 마음에 들었다. 아침으로 먹을 달걀과 토스트를 굽고, 다들 내보내면 한바탕 청소를 한 다음, 11시에 차 한잔 마시고 다시 일하는 그런 호스텔의 안방마님? 예약 메일도 확인하고, 지금처럼 날씨 맑은 날에는 이불도 널어놓고 마구마구 때려가며 말리고……. 생각만 해도 무척 행복할 것 같지 않은가.

많이 낡았지만 안주인이 쓸고 닦아 깨끗한 부엌에서 난 가끔 요리를 했다. 물론, 아침 식사를 할 때 사둔 망고나 딸기에 요구르트를 뿌려 먹거나 토마토와 마늘만 넣은 스파게티를 볶는 정도였지만. 시장에서 노닥거리다가 얻어온 몇 가지 재료들로 이것저것 만들면서 다른 사람들을 위해 요리하는 데 지친 나 스스로를 치유하기도 했다.

요리를 하고 있으면 호스텔에 남아 있는 몇 안 되는 아이들이 귀신같이 냄새를 맡고 모여서 밥 친구가 되어주었다. 부엌 입구에 고개만 쑥 내밀고 "뭐 만들어?"라고 물어보는 친구들이 있는 날은 얼마나 즐겁던지. 토마토

넓은 창이 있는 소박한 부엌과 어디든 갈 수 있는
자전거가 기대어 있는 모습은 내가 늘 꿈꾸는 풍경이다.

스파게티와 바질 비네그렛을 뿌린 버터 레터스 샐러드, 레몬 소스에 절인
과일 샐러드와 바나나와 사과를 넣은 오트밀까지…… . 내 부엌에서처럼
재료들을 늘어놓아가며 만들고 나선 그들이 먹는 걸 신나게 바라보았다.

떠나기 전날, 파스타 솥을 휘저으며 식구처럼 친해진 안주인에게 말했다.

"음…… 내가 만약 결혼이란 걸 하게 되면 여기로 신혼여행을 오고 싶
어."

"신혼여행인데 호스텔에서 잔다고?"

"괜찮아. 그때도 이 방으로 부탁해. 침대 두 개를 나란히 붙이면 될 테니
까. 시끄럽게(?) 안 할게."

"그 방이 좀 낭만적이긴 해. 그래도 욕실이 너무 작은데…… 대문하고도
가깝고…… . 왜 여기가 그렇게 좋아? 여기 말고 다른 낭만적인 곳들도 많
을 텐데 말이야."

"여긴 조용하고, 풍경도 시장도 좋고, 부엌도 손에 익고, 그리고 그 방에서 올려다보는 밤하늘이 너무 예쁘니까. 이 방 창가 아래에서 달을 바라보고서야 나는 내가 낭만적이 될 수 있다는 걸, 낭만적인 사람이라는 걸 깨달았거든. 나에게는 그게 제일 중요해. 참! 침대보랑 베개 커버는 가지고 올게."

언젠가 다시 이곳에 돌아오는 날에도
원색의 낡은 철문이 그대로였으면.
이곳에서 느꼈던 평화로움도 그대로이길.

발디비아와 이별하기

오늘, 밤 버스를 타고 다시 산티아고로 돌아간다. 시장을 거닐고, 바닷가에 나가 얼굴을 새까맣게 그을리며 오랫동안 한자리에서 평생 요리를 해온 할머니 주방장이 만들어주는 해산물 요리들을 먹고, 독일 맥주 공장에서 만든 맛난 맥주를 마시고, 동네를 이리저리 걸어다니고, 풀밭에 눕거나 앉아서 음악을 듣는, 조용하고 줄 잘 맞춰 누빈 박음질처럼 촘촘하게 평화로운 일주일이 금방 지나갔다.

저녁에 떠나는지라 체크아웃은 미리 하고, 밤에 미리 싸두었던 짐은 호스텔 창고에 맡겨두었다. 주인에게 저녁에 터미널로 갈 택시를 예약해달라고 말해두고는 마지막으로 정든 곳 발디비아에 작별 인사를 하러 나간다. 오늘은 메모해둔 대로 꼼꼼히 움직일 생각이다.

1. 시내까지 걸어가 발디비아의 특산품인 초콜릿을 파는 가게에서 아이스크림을 먹고, 초코홀릭인 산드라에게 줄 초콜릿 세트를 살 것.
2. 시내를 관통해 터미널에 가서 버스 시간표를 확인할 것.
3. 강변을 걸어 이슬라 테하로 가는 다리 위에서 발디비아 강과 시장 전체 사진을 찍을 것.

4. 끝으로 로사네 식당에서 평소보다 천천히 밥을 먹고 맥주를 마실 것.

5. 내일 오후까지 이어질 논스톱 버스 트립을 위해 옷을 미리 갈아입을 것.

6. 택시를 기다리며 거실에 앉아 냉장고에 남겨둔 와인을 마실 것.

가장 큰 초콜릿 전문점 '엔트렐라고스(Entrelagos)'에 가서 한창 크리스마스 선물 만들기에 바쁜 쇼콜라티에들의 작업 과정을 구경했다. 유럽 분위기가 나는 가게 점원들의 도움을 받아 만다린 트러플과 레몬 초콜릿 바 그리고 작은 자허토르테를 샀다. 그들 중 한 사람은 작년 이맘때쯤 리오데자네이로로 여행을 갔다가 얼굴 껍질이 다 벗겨졌다며 격하게 뜯어말리는 친절까지 발휘해주었다.

초콜릿 가게에 딸린 카페에서 카푸치노 아이스크림을 시켰다. 머리핀같이 촌스러운 초콜릿 단추가 얹혀 있는 카푸치노 아이스크림. 정말 이상하게도 아이스크림 한 입에 갑자기 우울해진다. 그동안 쬐었던 햇볕도, 신선한 공기도 잊은 채. 어쩌자고 아이스크림 한 입에 달콤한 것이 더 그리워지는 것인지. 이것이 내가 누릴 수 있는 단맛의 끝이 아닐까 싶은 엉뚱한 생각 때문에 축 가라앉는 건지도 모를 일이다.

그렇다면 단것이 오히려 우울함을 더 유발할 수 있다는 연구 결과가 사

실일지도 모른다는 생각을 하며 아이스크림을 남겨두고 다시 거리로 나섰다. 중앙광장에서 터미널까지 가는 피카르테 거리와 터미널에서 페리아 플루비알까지 오는 산책로에 있는 두 개의 강이 만나는 지점, 수국들, 흰 장미들, 풀밭들……. 모든 풍경을 꼬옥 껴안는 기분으로 천천히 걷는다. 다시 못 올지도 모른다는 절박함에 발걸음을 빨리 옮기던 바쁜 여행자의 모습은 잊어버리고 최대한 천천히 머릿속에 새긴다.

다리 위로 올라가 강과 시장을 내려다본다. 왼편의 시장, 강 위에 떠 있는 바다사자들. 과연 언제, 또 올 수 있을까? 시장의 단골 가게 아주머니는 밤에 산티아고로 돌아간다고 하자 평소보다 훨씬 많은 양의 체리를 봉지에 담아준다. 괜히 눈물이 났다.

금요일이라 그런지 시장 앞이 여느 때보다 사람도 많고 활기차다. 인디언 댄서의 길거리 공연도 있고, 거리의 악사들이 늘어놓고 파는 CD와 민예품들도 있다. 레스토랑에 손님이 많아서일까. 시장에 도착하면 항상 마주치던 로사도 서빙하느라 정신이 없는지 오늘은 보이지 않는다. 식당 2층의 내 전용 자리에는 몇몇 테이블을 붙여놓고 단체 손님들이 앉아 있다.

엄청나게 바쁜 로사가 흡연석밖에 없다고 미안해하며 안내해준다. 뭐 어쩔 수 없지. 삶은 홍합과 붕장어 소테를 시켰다. 물론 마지막이 될 쿤스트만 맥주도. 조용해서 좋다고 생각하며 막 먹기 시작하려는데 굉장히 터프해 보이는 여자 둘이 들어와 건너편 자리에 앉더니 맥주와 파일라 마리나를 시키곤 곧바로 담배를 피워 문다.

혼자만의 생각이겠지만 담배를 피우는 이곳 여자들은 모두 다 사연이 있어 보인다. 시장에서 연어를 잡는 여자도, 좀 전에 둑길에서 만난 여자도, 그리고 이곳에 밥 먹으러 들어온 여자들도⋯⋯ 모두들 힘든 시간과 마음 답답함을 연기로 게워 올리듯 엄청 우울하게 피운다.

내가 그런 생각을 시작하자마자 담배를 피우던 한 여자가 엉엉 울기 시작했다. 반대편 여자는 빠른 속도로 누군가를 욕하면서 역시 같은 속도로 맥주를 마시기 시작했다. 난 스페인어는 못하지만 누군가를 욕하고 있다는 것은 분명 이해할 수 있었다. 두 여자의 심각함과 마치 내가 울린 것 같은 민망함 속에 조심스럽게 홍합을 뜯고 붕장어를 포크로 눌러 잘랐다. 무슨 사연인지는 모르지만 저렇게 화를 들어주는 친구가 있는 걸 보니 잘 극

복해나갈 수 있겠구나, 라는 생각을 하면서.

고개를 푹 숙이고 밥을 먹는데 광속으로 맥주를 마시던 여자가 내 테이블에서 소금을 가져가 자기 맥주잔에 잘게 썬 레몬을 왕창 넣고, 소금을 세 핀치 정도 넣어 저은 다음 벌컥벌컥 마신다. 그러더니 갑자기 나를 보고 말한다.

"생선을 먹을 때는 이렇게 마셔야 소화가 되거든요."

"그렇군요. 전 당신이 테킬라를 컵으로 시키신 줄 알았어요."

그렇게 남의 식사를 방해한 것 같은 묘한 기분으로—물론 나온 음식은 다 먹고—레스토랑을 나오면서 로사와 작별 인사를 했다. 마지막 식사, 고맙다고 하자 끌어안고 뭐라뭐라 이야기를 하는데 알아듣는 단어는 하나뿐이다. 볼베레(Volvere). 돌아와. 살사 추러 다니면서 나오는 노래 속에서 많이도 들었던 단어, Volvere

"응. 다시 꼭 올 거야. 친절한 로사 씨도 잘 있어요."

살아오면서 나뭇잎 하나하나, 방금 씻은 딸기, 길거리에 놓인 벤치 하나에 지금처럼 행복해했던 적이 있었는지 기억이 나질 않는다. 무엇에든 바쁘게 몰입해서 시간을 보내는 것이 내가 가장 좋아하는 일인 줄 알았는데 이렇게 한없이 햇살 앞에서 말랑말랑하게 스스로를 녹여버릴 수 있다니.

그저 일상의 풍경일 뿐인데, 실은 아무것도 아닌데, 내가 당신을 보고 싶어한다는 이유로 너무 큰 의미를 두는 것은 아닐까? 무엇보다 무장해제된 나의 이런 면이 당황스러웠던 날들의 연속이었어. 나답지 않은 것, 참 두려운 일인데.

모든 준비를 끝내고 요리에 쓰려고 사두었던 운두라가의 화이트 와인을 호스텔에 남아 있던 미국 커플, 노르웨이 아저씨, 영국 총각과 나눠 마시며 너무나 볼 것 많은 남미와 칠레의 와인, 칠레의 옛날에 대한 이야기를 나눴다. 맘껏 같이 취해보지 못한 것을 아쉬워하며 연락처를 교환하고 작별 인사를 했다. 아이레스부에노스 호스텔, 너도 잘 있어. 문간에서 항상 튀어나오던 흰 고양이 너도.

밤 10시, 산티아고로 가는 버스에 자리를 잡고 앉았다. 옆자리의 할아버지는 몸이 불편한 모양이다. 차가 떠나기 직전까지 딸인지 며느리인지 눈물이 글썽글썽해서 내 손을 잡고 뭐라뭐라 빠르게 말한다. 아무래도 잘 봐달라고 말하는 모양인데, 스페인어도 능숙하지 않은 내가 할 수 있는 일이 뭐 있을까 하는 생각에 걱정이 앞섰다. 게다가 주말에 산티아고로 가는 밤버스는 그야말로 빈틈없이 꽉 찼다. 아무래도 내려올 때보다는 많이 피곤하겠구나. 이제 열 시간 뒤 산티아고에 도착한 다음, 바로 버스를 갈아타고 국경을 넘어 아르헨티나의 멘도사로 가야 한다.

안데스를 건너며
당신의 이름을 부르다

험준한 돌산과 마주한 일곱여 시간.

처음 겪는 고산 증세를 괴로워하며 떠나와서 처음으로 난 당신을 잊었습니다. 좋은 것을 보면서 당신을 생각하던 패턴이 며칠 동안 행복하게 이어졌지만 힘든 일을 일부러 찾고, 힘든 상황에 나를 던지면서 당신을 잊어버리려 애썼던 매뉴얼이 조금 더 오래된 것이라 그 자리로 돌아가는 것도 어렵지 않더군요.

눈이 튀어나올 듯한 토악질이 멈추고, 이대로 뛰다간 멈춰버리지 않을까 걱정되던 심장이 차츰 제 박자로 뛰기 시작하자 바로 다시, 당신이 생각났습니다.

스스로를 몰아붙이던 촘촘한 일과 속에 잠시 자투리 시간이 날 때면 어김없이 한꺼번에 몰아닥치던 그리움을 삼키려 난 참 많이 울고, 술 마시고, 사람들을 만나 일부러 하하 웃었지요. 그리고 마지막엔 울었습니다.

하지만 지금, 당신을 보고 싶은 나는 철저히 혼자입니다. 울렁거리는 속을 진정시키며 옆에서 손 잡아줄 그 누군가가 정말 그립습니다. 아니, 그립다는 말보단 필요하다는 말이 더 맞을지도 모르겠습니다.

나라면...... 절대로 당신을 이런 고독한 땅에, 이런 고독 속에 혼자 내버려두지 않을 겁니다.

당신이 이렇게 건조한 안데스 한가운데에서 잠시나마 나를 생각하게 되는 입장이 되면 어땠을까요? 아니, 나라면 절대 당신을 이런 고독 속에 내버려두지 않을 겁니다. 자신의 어두운 얼굴빛 하나 가릴 데 없는, 사방이 온몸과 뇌를 관통하는 햇살로 가득한 곳. 도대체 이런 어이없는 밝음과 고요함, 건조함 속에서 외롭지 않을 사람이 누가 있을까요. 그 외로움을 치유받는다는 건…… 이곳에서는 불가능한 일입니다.

고비 사막에서 살고 싶다고 농담처럼 말하던 모습이 생각납니다.

그런 건조한 곳에서 그리고 이렇게 바위로 가득한 험준한 곳에서 어쩌면 우리는 생각보다 홀로 잘 살아갈지도 몰라요. 낙타처럼 몸에 수분을 간직한 채, 꽤 오랫동안 조금씩 조금씩 수분을 말려가면서.

웬만한 일에는 신경 쓰지도 않고, 몸의 기운이 빠져나가는 일은 하지도 않고 감정 표현도 하지 않으면서…… .

그냥 하루하루 생명을 유지하는 일에만 신경을 쏟으면서요. 외로워도 괜찮다고 자신하고 있던 건방진 나는, 아직 고통을 덜 겪은 것일까요?

폐가 오그라들고 심장이 목 근처까지 올라오는 듯한 답답함에 눈물 글썽이며 짧은 숨을 몰아쉬면서도, 그 숨이 모자라는 순간보다 외로움으로 인해 겪는 고통이 더 크다는 것을 아직 못 느끼고 있는 것일까요? 그래서 누군가를 향한 이 어이없는 감정의 줄기를 끊지 않고 내버려두고 있는 걸까요? 그냥 이건 내 감정일 뿐, 얼마든지 조절할 수 있다고…… 스스로에게 이렇게 거짓말을 하면서요.

끝없이 이어진 돌산. 외로움을 치유받는다는 것은 이곳에서는 불가능한 일입니다.

ARGENTINA

아르헨티나

몸살인지
상사병인지……

아팠다. 뜬눈으로 지새운 버스에서 내려 서둘러 에스프레소 한 잔을 마시고 바로 갈아탄 멘도사행 버스. 안데스로 접어들어 국경을 넘어오는 일곱 시간 중 거의 네 시간을 처음 겪어보는 고산증에 시달리며 구토까지 했다. 만약 산티아고에서 멘도사까지 버스로 이동할 계획이 있다면, 비스 터미널에서 출국 도장을 받고, 버스 안에서 알약을 파는 사람들에게 소로체(soroche)라는 약을 미리 구입해두는 것이 좋다. 물론 고산증이 있는지 없는지는 일단 높은 곳에 올라가봐야 알 수 있겠지만.

미리 출국 도장을 받지 않고, 약도 사 먹지 않은 나는 칠레 국경 넘는 곳에서 그야말로 엄청나게 고생했다. 다행히 빈속이어서 추한 모습은 안 보였지만 빈속일 경우에 더 위험하다고 한다. 토하더라도 억지로 음식을 먹거나 물을 계속 마셔야 한다면서 한 시간이 넘는 국경 통과 도중 내내 물과 주스를 먹이며 신경 써준, 산후안(San Juan)으로 간다는 아주머니와 아들 둘. 계속되는 구토와 두통으로 축 늘어져 있다가 급히 내리느라 인사도 제대로 하지 못했다. 친절한 사람들이었는데……. 미안해요, 저 원래 그런 사람 아닌데.

멘도사 터미널에 도착한 다음, 예약해둔 아파트에 힘들게 도착했다. 개인이 사용할 수 있는 아파트라 깨끗하고 좋긴 했지만, 가파른 3층 계단을

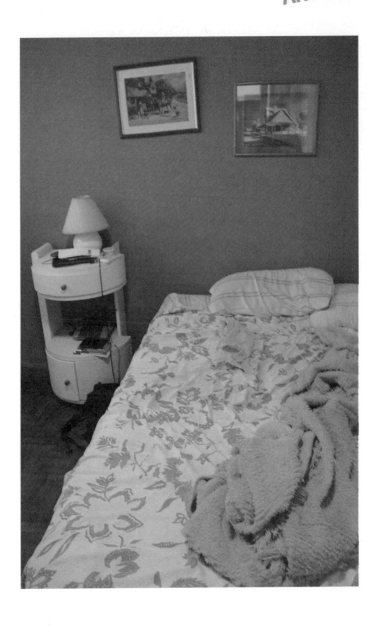

걸어 올라가야 했다. 힘겨운 여정에 돌처럼 딱딱한 슈트케이스를 끌고 계단을 오르면서 용을 쓰느라 결국 몸살에 걸리고 말았다. 괜히 조용한 곳으로 달라고 했나, 하는 생각.

프런트에서 이틀 동안의 와이너리 투어 프로그램을 예약하고 물 두 병을 산 다음, 서울에서 가져온 독한 감기약을 먹고는 이틀 내내 방에서 끙끙 앓았다. 온도계로 재어본 체온은 39도에 가까웠다. 죽지는 않겠지만 그래도 혼자 앓는 기분은 정말 싫은데.

몸이 아프니 마음도 약해지는지 조용한 방이 무서워서 탱고 라이브 음악이 계속 반복되는 텔레비전 채널을 틀어놓고 잤다. 잠결에 들으니 프로그램 이름이 '살롱 수르(Salon Sur)' 란다. 아마도 산텔모(San Telmo)에 있는 바(bar) '수르'의 이름에서 딴 것이겠지. 탱고 가수의 목소리는 화면을 보지 않아도 반짝이 옷을 입은 게 느껴질 정도로 느끼했다. 그런데 밥 먹으라는 엄마 목소리가 들리는 것 같기도 하고, 부엌의 벨 소리가 들리는 것 같기도 하고, 익숙한 체취의 손이 이마를 짚어주는 것 같기도 하다.

텔레비전에서 탱고 음악이 끊임없이 나오는 것을 보니 아르헨티나가 맞긴 맞는 것 같은데…… 이 속을 해 가지고 대체 와인이나 제대로 마실 수 있으려나.

천사가 만들어준 와인

멘도사에 머무는 나흘 중 이틀은 보데가(Bodega, 와이너리) 투어를 하기로 했다. 8백 개가 넘는 와이너리를 다 보는 것은 불가능한 일이지만 마음 같아서는 모두 보고 싶을 정도로 싸고 좋은 투어들이 많다. 내가 고른 투어는 가장 서렴한 반나절 투어와 하루 종일 다니다가 이른 저녁으로 마무리하는 투어 두 가지. 비교 체험의 극과 극이랄까?

몸이 성했다면 원래 목표대로 나흘 정도 돌아다니며 최대한 많이 마시려 했겠지만 이 정도로 만족할 수밖에 없었다. 앓는 도중에는 모든 일정을 취소하고 누워만 있을까도 생각했다. 이틀 만에 그럭저럭 회복된 건 정말 다행이었다. 여름으로 막 접어드는 12월 중순, 날씨는 말도 못하게 건조하고, 덥고, 그 열기의 도움을 받아 2월에 수확할 포도들이 열매를 맺어간다.

멘도사에서 열리는 포도 수확 축제인 '벤디미아(Vendimia)'가 있는 3월 초야말로 가장 관광객도 많고 볼거리도 많은 시기란다. 포도를 발로 밟고, 와인 아가씨도 뽑는 축제의 시기. 물론 음악과 춤과 와인 시음도 엄청나게 많다니, 정말 즐거울 것 같다. 나중에 꼭 다시 와야지. 막 수확한 포도를 발로 밟고 병째 마시며, 강강술래를 하고…… 생각만 해도 너무 좋다.

이틀 동안 투어 가이드가 호스텔 앞으로 픽업을 나왔다. 발음의 80퍼센트밖에 알아들을 수 없는, 스페인 발음의 영어를 구사하는 대머리 가이드

아주 가끔은 천사가 내려와서 나무통을 열어 마시고 가거든.
그래서 우리는 아주 멋지게 식초로 변해있는 와인을
발견하면 천사가 왔었구나 하고 생각해.

눈을 뜰 수 없을 정도로 햇살이 강했던 초여름의 멘도사.
사람에게는 너무 덥고 건조한 날씨지만, 포도들에게는 그야말로 완벽한 기후이다.

맛 좋은 와인으로 건배를 하고
함께 음식을 나누고 이야기를 나누는
것처럼 즐거운 일이 또 있을까?

아저씨와 다른 호스텔에서 참여한 관광객들이 함께 투어를 했다. 많은 양의 와인을 생산하는 커머셜 와이너리 한 군데, 적은 양만 생산하는 소규모의 부티크 보데가 한 군데를 갔고, 건조하고 더운 지중해성 기후를 이용한 식재료인 올리브오일과 말린 토마토, 말린 과일들을 만드는 농장에도 갔다. 그리고 마지막 날에는 '피카다(Picada)'라고 부르는 아르헨티나식 타파스로 저녁 식사를 하며 또 와인을 마셨다.

더운 날씨에 포도밭과 숙성실을 구경하고 나서 마시는 와인은 정말 맛있었다. 레드 와인부터 시작해 찌는 듯이 더운 한낮에 마시는 아주 차갑고 새콤하고 이스트 향 가득한 스파클링 와인까지. 아픈 다음이라 그런지 와인이 더 부드럽게 넘어간다. 물론 조금 싼 값에 와인도 살 수 있다.

그곳에서 조금 싼 값의 와인이라고 하면 우리나라의 와인 가격으로 봤을 때 '굉장히' 싼 와인이다. 맛을 보면 가격 대비 거저라는 생각이 들 정도. 방금 짜낸 올리브오일의 농축된 호두 맛은 열 때문에 삭은 얼굴이 쫙 퍼지는 느낌이 들 만큼 좋은 기분을 안겨주었다. 올리브오일을 한 잔씩 마시라는 게 이런 기름을 말하는 거구나, 라는 깨달음도 얻었다고나 할까? 크리스마스를 위한 스파클링 와인 그리고 친구 산드라를 위해 말린 배와 토마토를 샀다. 물론 나를 위해서도 와인 두 병을.

모든 것을 제대로 기록하려고 카메라는 물론, 메모 패드를 들고 다녔지만 스트로브가 필요한 어두운 지하 창고의 오크통들을 구경하고, 시음 코너에서 열심히 와인을 마시다 보니 사진 찍는 것도 다 잊고, 남는 것은 그저 기분 좋은 알딸딸함뿐이다. 목소리와 웃음소리도 점점 소란스러워진다. 남아프리카에서 온 아가씨, 영국에서 온 레즈비언 커플, 스웨덴에서 온 학교 선생님, 부에노스아이레스에서 온 느끼함 백 단의 아저씨들까지. 와인을 좋아하는 사람들과 함께, 떠나온 곳을 잠시 잊고 와인의 취기를 맘껏 즐겼다. 나무 그늘 아래에서 더위를 식히며 맛 좋은 와인으로 건배하고 이야기를 나누는 것처럼 즐거운 일이 또 있을까? 비록 혼자 여행을 하고 있지만 가끔은 친구가 있었으면 할 때도 있다. 또 무엇보다 술은 혼자 마시면 아무래도 재미가 없다. 그리고 며칠 동안 혼자 앓느라 좀 외롭기도 했다.

한 부티크 보데가에서는 디캔팅을 두 번이나 했음에도 재채기가 나올 정도로 매운 카베르네 소비뇽을 마시며 좀 전에 맛본, 지나치게 맛있었던 피노누아를 살까 고민하고 있는데 주인이 다가오더니 그것도 좋지만 가격 차이가 얼마 안 나니 가장 잘 만든 와인으로 사 가는 게 어떻겠냐고 묻는다. 3년 전에 만든 와인인데, 외동딸 결혼식에 썼던 와인이란다. 정말 너무너무 맛있는데 얼마 남지 않았다고. 그해엔 포도 농사도 잘되었지만 하늘이 도와 맛이 기막힌 포도주가 나왔다는 말도 곁들였다. 덕분에 결혼식에 온 사람들이 울면서(?) 와인을 마셨다나. 아르헨티나 사람들은 '자랑'이 국민성이라고 하던데…… 어쨌거나 아버지가 딸을 위해 와인을 만들다니…… 눈물 나게 낭만적이지 않은가.

"그럼 이 와인은 결혼식 때 쓰려고 사장님이 더 신경 써서 재배하고 만든 건가요?"

"아니, 전혀요. 와인이 올해엔 잘 만들어지겠구나, 라는 사인까지 하늘에 바랄 수는 없지요. 포도를 아무리 잘 거두어도 섣불리 말할 순 없어요. 왜냐하면 매번 다르니까요. 그냥 변함없이 열심히 만드는 거죠. 결혼식이 있다고, 남들에게 잘 만든 포도주를 주겠다고, 그러저러하게 욕심내는 건 아니고, 그저 이 포도주가 나왔을 때 딸이 결혼했고, 와인이 맛있게 만들어졌을 뿐이죠. 많은 사람들이 행복해했어요. 그러니까 천사가 알아서 해준 거예요."

천사가 만들어준 와인. 운두라가에서 만난 미겔도 오래된 오크통에서 보관하는 포도주 중 한두 통은 식초로 변한다는 걸 설명하면서 그렇게 말했었다.

"우리가 잘 막아 보관한 오크통에 아주 가끔은 천사가 내려와 나무통을 열고 마시고 가거든. 그래서 우리는 식초로 변해 있는 와인을 발견하면 천사가 왔었구나 하고 생각해. 통이 새서 와인을 망쳤다고는 생각하지 않아. 절대로."

와인도, 사람도, 인생도 그런 게 아닐까. 세월에 묵혀보지 않고서는 알 수 없는, 시간이 아무리 흘러도 어떻게 될지 알 수 없는, 8년이든 10년이든 더 오랜 세월이든……. 어떤 환경 속에서도 잘 이끌어내보려고 노력하다 보면 천사가 도와주기도 한다는 것, 와인이 식초가 되어도 잘못된 것이 아니라는 것……. 이 모든 말들이 정말 위로가 된다.

아무도 없는
중앙시장에서…… 취하다

시장은 도시에서도 가장 따뜻하고 신나고 마음이 넉넉해지는 공간이다. 멋진 시장이 있는 도시를 만나면 왠지 마음이 놓이고 떠나기 싫어지는 것만 봐도 알 수 있다. 마음 푸근한 시장만 있으면 그곳이 꼭 내가 살아야 할 곳같이 느껴지는 것처럼.

아침을 먹고 돌아다니다 지쳐서 멘도사 사람들처럼 낮잠을 자고 일어나면 오후 3, 4시쯤 된다. 마음 같아서는 하루 종일 돌아다니며 주변 카페에도 더 많이 가보고 싶었지만, 이놈의 멘도사 더위는 내가 지금까지 겪어본 어떤 더위와도 다르다. 햇살이, 정말이지 피부가 타들어가는 느낌이랄까. 칠레에서 얼굴을 그렇게 태워먹고도 선블록 크림은 브라질 가서 사야지 하며 정신 못 차리고 있던 내가 백 미터 달리기 속도로 슈퍼마켓까지 뛰어가 사왔을 정도로 지나치게 뜨거운 볕이다. 얼굴 타는 걸 넘어 완전히 익어버리는 건 곤란하니까.

어쨌든 이곳은 정오부터 2, 3시까지는 길에서 사람들 얼굴 구경하기가 힘들 정도인데 로마에 가면 로마법을 따르랬고, 나 역시 온종일 보데가에서 시간을 보냈던 하루 빼고는 아침에 외출해서 오전 11시 45분에 귀가한 후 오후 3시까지 잠자는 공식을 충실히 지켰다.

대부분의 식당들이 저녁 9시에 문을 열다 보니 오후의 거리를 걷다가 적당한 곳을 찾아 밥을 먹기보단 슈퍼마켓에서 술을 사 들고 돌아오는 편이 더 낫다. 열기가 가시지 않은 거리를 걷다 보면 밥보다 냉장고에 차갑게 식혀놓은 맥주나 화이트 와인 생각이 간절하기도 한 데다 9시 이후엔 아무래도 밥보다는 술이 더 당기는 법이니 그럴 수밖에.

3시쯤 일어나 중앙시장으로 걸어갔다. 산티아고에서처럼, 시장의 소박하고 따뜻한 분위기와 음식이 나를 위로해주길 기대하면서 말이다. 오늘 나의 목표는 누구나 잘 사 먹는 간식인 엠파나다와 시장의 신선한 과일들. 하지만 오후 3시를 넘긴 시각, 새벽에만 여는 시장도 아니고 노천 시장도 아닌데 여전히 모든 가게들이 문을 닫았고, 물건 위에는 천을 덮어놓았다. 어이가 없어 둘러보니 엠파나다와 피자를 패스트푸드처럼 세트 메뉴로 만들어 파는 곳 그리고 와인과 아르헨티나식 바비큐인 아사도(Asado)를 파는 곳만 문을 열었다.

상점의 물건들을 찍고 있노라면 늘 점원들이 다가와
자기 사진도 찍어달라며 포즈를 취한다.

호스텔에서 추천해준 식당들도 모두 9시 넘어서야 문을 연다기에 포기하고 시장 구경이나 하기로 마음먹는다. 언니가 추천해준, 멘도사가 아닌 살타(Salta)에서 온 화이트 와인을 시켰다. 결국 밥보다 또 술을 먼저 마시는구나 하는 생각. 무지하게 신 와인을 홀짝거리며 기다리는데 시장 스피커에선 누가 골라 틀었는지 중학교 때 들었던 80년대 팝송들이 계속해서 흘러나왔다. 심플리 레드나 뱅글스, 배리 화이트에 맥시 프리스트까지. 맥시 프리스트는 내 MP3 플레이어에나 들어 있는 음악인 줄 알았는데. 아르헨티나의 시장이라고 해서 꼭 포크로레나 탱고가 나오란 법은 없지만 그래도 80년대 팝송이라니, 반갑다기보다 괜히 웃음이 나온다.

그렇게 혼자 히죽거리며 마시다 보니 머리가 금세 핑핑 돈다. 정말 취했는지 스낵집에서 아주머니 둘이 피자와 맥주, 엠피니디로 이루어진 세트를 시키는 걸 보고 슬그머니 다가가 사진만 찍어오는 진상도 부렸다. 덩치 큰 아주머니 둘이 반도 못 먹고 놔두고 간 것으로 봐선 안 시키고 사진만 찍길 잘했나 보다. 얼마나 맛이 없었으면…….

사탕 가게에 풀어놓은 꼬마같이 들뜬 마음으로
낯선 곳에서의 시장 구경을 시작한다.

5시 정각, 덮어둔 천 밑에 숨어서 잠자고 있던 게 아닌가 싶을 정도로 순식간에 상인들이 나타나더니 전등을 켜고 물건 위에 덮여 있던 천들을 걷어낸다. 마치 놀이동산 야간 개장을 하듯 시장 전체가 한순간에 살아난다. 시장의 개점 시간을 잘 알고 있다는 걸 과시라도 하려는 듯 장바구니를 든 주부들 몇몇이 나타나기 시작했다. 그들 틈에 끼여 나도 마치 사탕 가게에 풀어놓은 아이처럼 신나게 구경했다.

아르헨티나는 전체적으로 이탈리아 요리들이 대중화되어 있다. 멘도사역시 이탈리아 이민자들이 많아 이탈리아 식재료가 보편화되어 있는 편이다. 특히 와인을 많이 마시는 평소의 식생활 때문에 다양한 올리브와 절임류, 말린 포르치니 버섯과 토마토, 살구, 푸룬 등 말린 과일도 풍성하다.

상인들이 과일을 진열하는 방법은 칠레와 약간 달랐는데, 상자를 70도 정도로 기울여 잘 보이게 해놓고, 체리 같은 과일에는 만지지 말라는 의미의 'no tocar' 라는 문장이 쓰여 있었다. 조금 야박해 보이긴 해도 그 방법

갓 구워서 더 맛있는 엠파나다와 신선한 올리브. 둘 다 와인과 잘 어울릴 듯하다.

이 수북이 쌓아놓고 진열하는 것보다 과일의 신선도를 한눈에 파악할 수 있어 좋았다.

시장 대부분을 차지하고 있는 정육점에선 아사도를 만드는 데 들어가는 각종 고기들부터 살라미와 덩어리 판체타들이 보기 좋게 걸려 있다. 물건들이 푸짐한 시장을 보면 충동구매하게 되는 법. 나도 와인과 함께 곁들일 아몬드와 노란 사과(나는 개인적으로 푸석푸석한 사과를 좋아한다), 엠파나다 가게에서 닭고기와 쇠고기 맛이 들어간 것을 섞어 네 개들이 한 상자를 샀다.

동양 여자가 카메라를 들고 이리저리 사진 찍고 다니는 모습이 신기한 듯 정육점 할아버지와 델리 코너의 총각들이 따라와 자기들도 사진을 찍어달라고 부탁한다. 이제까지 만난 남미 사람들은 카메라를 보면 나가서 포즈 취하는 걸 좋아한다. 타인에 대한 경계심이 없는 그 마인드라니……. 나는 언제 보내줄지도 모르는 사진을 기분 좋게 찍어주었다.

다시 떠나야 한다는 것……
잘 있어, 멘도사

멘도사에 와서 내내 앓아눕고, 와인 마시러 다니느라 정작 시내 구경은 별로 하질 못했다. 그런 아쉬움을 달래기 위해 아르헨티나 에어라인 사무실에서 부에노스아이레스를 거쳐 리오데자네이로로 가는 비행기 티켓을 컨펌한 뒤 마지막으로 시내를 돌아다녔다.

시내 중심부의 '독립기념광장(Plaza Independencia)'을 관통하는 최고의 번화가 '사르미엔토(Sarmiento)' 거리를 걷다 보면 노천 카페들이 줄지어 늘어서 있다. 어느 카페나 빈자리가 없을 정도로 사람들이 가득하지만 묘하게도 여유로운 분위기다. 아마도 자리를 차지하고 앉아 있는 사람들의 넉넉한 표정 때문이겠지. 전체적으로 세련된, 마치 파리와 같은 느낌이지만 조금 더 뜯어보면 사실 파리나 마드리드, 그 어느 곳과도 같지 않다.

잘 차려입은 중년의 신사들, 예쁜 여자들, 아이를 데리고 나온 가족들, 할머니들…… 실로 다양한 사람들이 노천 카페에서 간단히 아침 식사를 하며 수다를 떤다. 아침 10시. 한창 일해야 할 시간에 모두들 이렇게 카페에 앉아 담소를 나누고 있으니 도대체 직장에서 일하는 사람들은 누구일까 싶은 생각이 들 정도로 많은 사람들이 카페에서 수다를 떨고 있다. 커피뿐 아니라 아침나절부터 맥주를 마시는 사람도 눈에 띄고. 이러다가 두 시간 정도 지나면 또 낮잠 자러 가고, 그런 다음 일 좀 하다가 9시부터 밤

늦게까지 밥 먹고 또 놀겠지. 갑자기 직장에 다니는 친구들이 생각나 서글 펐다. 우리나라 사람들은 정말 지나치게 열심히들 사는구나. 그런데 왜 이 사람들보다 행복하지 않은 걸까.

나도 그런 멘도사 사람들의 여유를 느껴보고 싶어 그늘진 카페에 자리 를 잡고 앉아 콜라와 메디아 루나(Media Luna)를 시켰다. 사실은 커피를 마 시고 싶었지만 속이 엉망이었다. 그렇다고 우유를 시킬 수는 없었다. 메디 아 루나는 반달이라는 뜻이다. 아르헨티나 버전의 크루아상으로, 크기가 좀 작고 크루아상보다 약간 치밀한 질감에 설탕이 발려 있다. 보통 카페에 서 시키면 따뜻하게 데워서 주는데, 따뜻한 쪽이 확실히 맛있다. 같은 이 름의 내가 좋아하는 탱고 곡도 있다. 그나저나 설탕을 바르지 않은 메디아 루나나 다이어트 코크 같은 것은 이 카페에 존재하지 않나 보다. 아니면 나의 주문을 못 알아들었든가.

설탕으로 코팅된 빵과 클래식 코크가 도착했다. 하여간 다들 무지 달게 먹는다. 호스텔에서 아침을 먹을 때도 오렌지 주스와 커피 둘 다 미리 설 탕을 타놓아 마시기가 힘들다. 오늘 아침에는 서울에서 가져간 홍차 티백 을 우려내자, 친절한 수위 할아버지가 설탕통을 가져와 넣어주려고까지 했다. 설탕이 듬뿍 들어간 오렌지 주스, 아이스크림 둘체 데 레체가 듬뿍 발린 과자나 케이크를 한 입 먹으면 정말이지 기침이 나올 것 같은데…….
아이싱 슈거를 삽으로 뿌려놓다시피 한 케이크를 어쩌면 이렇게들 잘도 먹는지. 아르헨티나 사람들도 다이어트를 하지만 먹는 것을 줄이기보다는 죽을 때까지 운동을 하거나 아예 안 먹는다고 하니 더 이상 무슨 말이 필요 할까.

쓴 커피 한 잔을 더 시키고 혼자 노천 카페의 그늘에 앉아 메모를 끼적 거리고 있자니 다시금 남을 의식하지 않아도 되는 먼 곳으로 여행 왔다는

나무 그늘 아래에서 커피와 수다를 즐기는 여유로움.
멘도사 사람이 되는 첫 번째 조건.

커피와 따듯한 메디아 루나로 아침을. 그리고 햇볕 내리쬐는 대낮의 낮잠은 점심밥 대신!

실감이 난다. 주변을 둘러보며 천천히, 그날의 공기와 사람들과 햇살의 따뜻함과 빵의 단맛을 기억하고 기록한다. 그렇게 천천히 주변의 사물들과 분위기를 내 것으로 만드는 동안 이곳에서 오랫동안 살아온 듯한 느낌을 받는다. 하긴 살면서 만나는 모든 곳이 고향이자 곧 여행지일지도 모르겠다. 그래서 오래 머물러왔던 곳도 어느 순간 낯설게 변해 떠나고 싶고, 책에서도 본 적 없던 지구 반대편의 낯선 곳이 이토록 편안하게 느껴지기도 하는 것이겠지.

아쉬운 마음에 레몬 아이스크림을 사 들고 산마르틴 대로를 걸어 숙소로 걸어오는데 어디선가 귀에 익은 리듬이 들린다. 엄청나게 큰 환호성과 함께. 너무 익숙한, 심장 가장 안쪽 벽을 두들기는 수르두 소리. 반쯤 먹은 아이스크림을 쓰레기통에 내던지고 소리 나는 곳으로 뛰었다. 사람들이 얼굴에 페인트칠을 하고, 여러 가지 북을 들고 있다. 깨끗하고 예쁜 북은 아니었지만 직접 만들었거나 색칠한 북을 들고, 할머니부터 어린아이, 남자들까지 수많은 사람들이 모여 중간중간 서 있는 지휘자의 호루라기 소리를 듣고 합주를 시작한다. 너무 익숙한 그 리듬은 바로 삼바였다.

도대체 무슨 일 때문에, 무슨 행사이기에 아르헨티나에서 삼바를 연주하고 있는 거지? 당장이라도 대열 속으로 뛰어들어가 연주하는 사람에게 물어보고 싶었지만, 다들 걸으며 연주하느라 바빠 보였다. 그러니 방해하지는 말아야지. 그나저나 아르헨티나에서 듣는 삼바라니! 내가 내일 브라질로 떠난다는 걸 어떻게 알았을까?

억지소리 같지만, 멘도사를 제대로 알기도 전에 떠나는 서운함을 브라질로 가는 들뜬 기대로 바꾸라는 신의 선물 같다. 전혀 예상치 못한 선물! 익숙한 두 박자의 리듬에 방방 뛰며 한 시간 정도 행렬을 따라 춤추듯이 걸었다. 서울에 두고 온 탬버린이 너무 그리웠다. 춤추고 노래하고 연주하며 나를 잊고 음악만 생각했던 행복한 순간들. 다 식어버렸다고 생각한 내 마음과 삶에 대한 의욕이 다시 타오르는 것을 보고 싶다. 이곳과 헤어져야 한다는 생각에 서글펐던 마음도 간사하게 다 잊어버렸다. 어서, 빨리 브라질로 가고 싶다.

각자 만든 북을 들고 거리에서
연주하는 사람들
뜻하지 않은 반가움에 심장도
북처럼 쿵쿵 뛰었다.

오래된 도시,
오래된 물건들

　일부러 2월 말에 맞춰 부에노스아이레스로 돌아왔는데, 아직 탱고 페스티벌이 열리지 않고 있다. 남미의 파리, 마드리드라는 옛 별명에 걸맞게 부에노스아이레스에서 살던 유럽 귀족들이 썼을 게 분명한 골동품들은 관광객들에게 잘 알려진 산텔모에도 가득하다. 그냥 물건을 가져다 일요일마다 늘어놓는 정도가 아니라, 시에서 받은 허가증을 천막 위에 붙이고 영업하는 정식 상점이다. 그만큼 관리를 철저히 해야 하기 때문에 오래된 물건이지만 보존 상태는 아주 좋은 편이다. 스푼은 은색으로 반질반질 빛나고, 오래된 거미줄 같은 레이스에는 먼지 하나 없다.

　유학 시절, 주말마다 벼룩시장에 가서 할머니들이 일일이 닦아 진열해놓고 팔던 유리잔들과 접시를 하나씩 샀던 날들이 생각났다. 내가 좋아하는 접시와 수프 그릇, 오래된 파이 틀, 에바 페론의 자서전 초판이며 오래된 묵주 같은 것들 그리고 에바 페론, 카를로스 가르델, 체 게바라의 사진들과 성냥갑에 인쇄된 옛날 흑백 포르노 사진들……. 내가 사는 집과 멀리 떨어져 있는 곳만 아니라면, 여행 기간이 그렇게 많이 남아 있지 않았다면 모두 다 하나씩 사버렸을 텐데.

'늙은' 콜라병부터 아주 작은 홍차깡통, 샹들리에 수정.
연인들끼리 주고받은 편지도 앤티크 시장에서 구경할 수 있다.

앤티크 시장 안에 흐르는
아르헨티나의 시간은 오래전에
멈춰버린 것 같다.

잘 손질한 오래된 식기들은
항상 내 발걸음을 붙잡는다.

탱고는 유혹이 아니라 슬픔

며칠 동안 계속 날씨가 흐리더니 오늘은 놀랍게 화창하다. 친구 영미와 함께 일요일 아침부터 관광객 모드로 부에노스아이레스 구경에 나섰다. 산텔모를 걸으며 시장에 들어가 오래된 물건들을 구경하다가, 탱고 소리 들리는 쪽으로 슬슬 걸어가보았다.

중앙광장쯤에서 탱고를 추는 나이 많은 커플 주위를 사람들이 가득 둘러싸고 있다. 아마도 가장 오랫동안 이곳 터줏대감으로 지내며 연주하고 춤을 춰온 커플인 듯했다. 춤을 추고, 잠시 쉬는 동안에는 연주만 듣고, 그리고 어쩌다가 구경꾼들 중에 누가 청하면 같이 춤을 추기도 한다. 직접 보진 않았지만, 돈을 받고 추는 듯했다.

물론 나이 많은 커플이라 춤이 역동적이거나 볼거리가 많진 않았다. 대부분 CD를 틀어놓고 춤을 추지만 가끔 기타 연주하는 할아버지와 반도네온을 켜는 할아버지가 솔로로 연주를 하는데, 두 분의 연주 실력이 지나가던 사람들도 멈춰 세울 정도로 훌륭하다. 가슴을 후벼 파는 듯 슬픈 음색. 이 세상의 여느 슬픈 음악들처럼 탱고 역시 인생의 굴곡을 다 겪어본, 나이 든 사람이 표현할 때 더 제대로 느껴지는 듯하다.

반도네온 할아버지의 얼굴에서 나타나는 풍부한 감정 표현도 음악의 일부분처럼 슬프고 아름다워 연주에 방해되는 줄 알면서도 카메라를 들었다. 적어도 내게 탱고는 유혹이라기보다 슬픔 그 자체다. 슬퍼서, 서로에게 기대어 춤을 추고, 음악을 들으며 마음을 가라앉히는 위로의 한 방식이라고나 할까.

점점 늘어나는 관광객들 때문에 걸음조차 떼기 힘든 산텔모를 떠나, 역시 유명한 관광지인 레콜레타로 간다. 에비타가 묻혀 있다는, 돈 없는 사람은 꿈도 꿀 수 없는 호화로운 무덤들이 가득한 곳. 이곳에서는 살아생전 부자로 살면서 쓰는 돈보다 레콜레타에 묻히기 위해 내야 하는 돈이 더 많이 든다는 농담이 있을 정도다. 그 돈을 주고 이곳에 묻히는 것이 무슨 의미가 있을까?

이구아수 폭포로의
짧은 여행 그리고 편한 음식

이구아수 폭포에 다녀오기로 했다. 보통 남미를 여행하는 사람들은 브라질로 갔다가 이구아수를 보고 부에노스아이레스로 내려오는데, 나는 버스가 아닌 비행기로, 상파울루가 아닌 히우(리오데자네이로의 남미식 발음)에서 움직였기 때문에 이구아수는 포기해야겠다고 생각했었다. 하지만 브라질을 떠나면서부터 복잡해진 머릿속, 여행에 관한 고민들을 조용히 생각해보고 싶었다. 왕복 36시간의 버스 여행이라⋯⋯. 하루 동안 폭포수를 보고, 하루쯤 쉬고 나면 생각할 시간은 충분하겠지.

열여덟 시간 동안 버스는 그저 조용히 달린다. 어디론가 가려면 열 시간 정도는 기본이고, 하루 이틀 가는 것도 대수인 남미. 끝이 보이지 않는 외길과 불 꺼진 버스 안. 그리고 창밖으로 지금까지 한 번도 본 적 없는 남십자성과 은하수가 한가득 쏟아진다. 밤하늘을 바라보며 음악을 듣고 있으니 문득 혼자라서 마음이 놓인다. 이렇게 마음속 깊은 곳의 감정까지 끄집어내는 별들을 보는 지금, 혼자라는 것이, 누군가를 마음껏 그리워해도 들키지 않을 수 있다는 것이 다행이라는 생각이 든다.

저녁 7시에 떠난 버스는 오후 3시에 이구아수 폭포 버스 터미널에 도착했다. 폭포로 곧장 가기엔 이미 너무 늦었다. 이 터미널에서 브라질과 아르헨티나 양쪽 폭포로 가는 셔틀버스도 같이 출발한다기에 내일 아침 10시 표와 내일 모레 부에노스아이레스로 돌아가는 버스도 미리 예매하고 숙소를 정했다.

작은 싱글 룸에 짐을 풀고, 이른 저녁을 먹으러 갔다. 쇠고기가 풍부한 아르헨티나답게 대부분의 식당에서 관광객을 위한 아사도 세트를 팔고 있지만, 낯선 곳에서 여행의 피로를 풀기 위해 선택하는 첫 끼니는 항상 나에게 익숙한 음식이다. 그리고 시원한 맥주. 운 좋게 중국집을 발견하면 훈제 오리 국물에 말아 나오는 가느다란 달걀국수나 완탕을 먹지만, 없을 경우에는 볼로네제 스파게티를 시킨다. 아르헨티나에는 이탈리아 요리가 남미 어느 나라보다 대중화되어 있기 때문에 이탈리아 요리는 안전한 선택이기도 하다. 식접 만들었다는 파스타 면은 너무 부드러워 씹는 맛이 좀 떨어졌지만 그런대로 만족스러운 식사다. 여행이 길어지다 보니 이젠 혼자서도 식당 밥을 꽤 잘 먹는다.

잊고 싶지 않은 것들을 잊기 위해……
폭포와 마주하다

항상 궁금했습니다. 왜 왕자웨이(王家衛)는 량차오웨이(梁朝偉)를 항상 벽과 마주치게 했던 걸까요. 그것도 아주 거대한 대자연이나, 아니면 인간이 만든 것이라곤 상상할 수 없는 거대한 유적지를 바라보게 했던 걸까요.

전 그지 그가 아픈 기억을 잊기 위해 폭포를 마주 보거나 또는 돌 사이에 이름을 불어넣는 것이라 생각했어요. 잊지 못할 사람을 잊기 위한 소심한 방식. 소심한 마음으로 빌리는 큰 힘. 소심한 이들이 내게 보냈던 아주 작은 모깃소리 같은 신호에 지쳐, 저는 영화를 보는 것조차 답답하고 고통스러웠습니다.

부에노스아이레스에서 폭포가 있는 곳까지 가는 열여덟 시간, 그리고 폭포를 다 둘러보는 서너 시간 동안, 그리고 마지막으로 가장 유명한 '악마의 목구멍'을 보러 가며 저 또한 계속 생각했습니다. 이렇게 놀라운 자연을 보고 감동받으면, 인간의 작은 사랑쯤은 아무것도 아닌 것이 되지 않을까. 이 모든 감정 앞에서 덤덤해질 수 있지 않을까. 끝이 안 보이는 폭포의 안자락으로 모든 것을 내던질 수 있지 않을까. 모든 것을 물보라로 덮어버릴 수 있지 않을까. 그런 기대도 했지요.

하지만 두근거리는 마음으로 마주한 폭포는 너무나 비현실적인 모습이었습니다. 엄청나게 흘러 떨어지는 물은 물처럼 보이지도 않았어요. 구름

같이 흐르는 거대한 폭포, 그리고 물은 떨어진 다음 어디로 가는지 보이지도 않았죠. 멍하니, 오랫동안 그곳에서 물을 바라보았습니다. 그리고 나를 바라보았습니다.

비현실적인 폭포는 제 머릿속에 들어와 복잡한 모든 생각들을 쓸어내기보다는 오히려 또렷하게 하나하나 되살려냈습니다. 엉켜 있는 일들을 오히려 잘 보이도록 씻어주었지요.

그 순간, 문득 깨달았습니다. 그는 잊기 위해 폭포를, 앙코르와트를 찾은 것이 아니었어요. 그냥 시간을 보내고, 그냥 살아가다 보면 그 사랑의 기억이 잊힐까 두려워 이구아수와 앙코르와트의 힘을 빌렸던 겁니다.

한번 보면 영원히 잊히지 않을 거대한 사원과 빨려들어갈 것 같은 폭포. 인간이 만들어낼 수 없는, 인간이 넘어설 수 없는 것과 그들의 사랑을 하나로 만들어 다시 잊지 않게 하려는 그만의 방식이었던 겁니다.

잊고 싶지 않은 것을 잊지 않으려는 마지막 몸부림. 나라고 해서 예외는 아니었습니다.

당신과 함께 이곳에 왔다 하더라도 답을 찾을 수 있었을까요? 만약 당신도 인생과 사랑에 대해 궁금한 것이 있다면, 잊고 싶지 않은 것이 있다면 어디로 갈 것 같나요?

*당신이 인생과 사랑에 대해 궁금한 것이 있다면
어디로 떠날 것 같나요?*

진한 커피와 쏟아지는
별 아래서의 버스 여행

여섯 시간에 걸친 이구아수 하이킹을 마치고 돌아올 때, 악마의 목구멍을 뒤에 두고 건너오는 다리에서 만난 한 미국인 할머니가 폭포에 대한 감상을 물었다. 나는 단 한마디밖에 말할 수 없었다.

"That is surreal(정말 비현실적이네요)!"

만남이란 다 그런 거라는 것. 잘 알고는 있지만 왜 난 이렇게 쉽지 않은지 모르겠다. 자석의 다른 극이 나를 끌어당기고 있는 듯한 기분. 그래서 누구에게도 쉽게 마음 주지 못하고, 마음을 주고받았다고 생각한 그 순간, 상대에게 빠져들 수도 없다.

이구아수를 빠져나와 터미널 카페에서 버스를 기다렸다. 정말 오랜만에 갖는 혼자만의 시간이다. 어쨌든 오늘은 나에게 썩 관대한 날이구나. 눈 감으면 떠오르는 폭포의 모습. 그리고 지금 이렇게 천천히 즐기고 있는 진한 커피 한 잔. 그리고 별이 쏟아질 것 같은 길을 달리던 열여섯 시간의 버스 여행,

3월 7일 오후 2시 40분, 아르헨티나 이구아수, 서울은 새벽 2시 40분. 당신은 뭘 하고 있을까?

samba reggae

팔레르모의 레코드 가게

부에노스아이레스에서 가장 마음 편하고 좋았던 곳을 꼽으라면 팔레르모다. 내가 머물렀던 라바예(Lavalle) 골목이 종로5가나 동대문 같은 느낌이라면 팔레르모는 삼청동과 이태원을 조금씩 섞어놓은 듯한 느낌이다. 밤이 되면 일대가 모두 노천 카페로 변신하는가 하면 느지막이 저녁 식사를 시작하고 밤늦게까지 수다를 즐기는 젊은이들이 모여들어 오래도록 활기차다.

물론 부촌인 레콜레타에도 트렌디한 술집이며 카페들이 있지만, 마음 편히 친구들과 한잔하고 싶다면 이곳 팔레르모가 제격이다. 영국식 퍼브에서부터 아랍이나 뉴욕 스타일의 카페, 살사부터 하우스까지 클럽도 다양하고, 젊고 이국적인 거리인 만큼 쇼핑할 것들도 많다.

일요일에 여는 노천 시장의 자유분방함도 좋았지만 나는 팔레르모의 레코드 가게들이 너무 좋았다. 팔레르모의 레코드 가게는 확실히 주인의 취향이 드러난다. 주인들이 좋아하는 음악들과 음악 관련 책들을 모아놓고 파는, 일종의 컬렉터 숍. 작지만 물건 하나하나에 주인의 생각이 들어간 가게라니 너무 좋다. 나도 언젠가는 가능할까?

부에노스아이레스의 유명한 재즈 클럽 '노토리우스(Notorious)'에서 운영하는 같은 이름의 레코드숍. 그리고 바로 건너편에 있는 상점 '템포

(Tempo)'. 서로 마주 보고 있는 이 두 레코드숍은 비슷하면서도 아주 다르다. 노토리우스는 아무래도 재즈 음반이 많다. 새로 발매된 앨범들 중심으로 가져다 놓았는데 가격이 좀 센 편이다. 그에 비해 템포는 록과 탱고, 그리고 제3세계 음악을 비롯한 브라질 음악들이 많다. 음악 관련 책들은 물론이고 간단한 여행 서적과 아르헨티나 바비큐 요리책도 가져다 놓았다.

중학생 시절 음반 사러 다니면서 만나곤 했던 레코드 가게 아저씨들이 생각났다. 매장에 있는 모든 음반을 다 들어본 가게 주인아저씨들……. 그 땐 거의 전부가 그랬는데.

마지막으로 템포에 들렀던 날, 뉴욕에서 만날 친구를 위해 CD를 샀다. 아르헨티나 출신 보컬리스트 페드로 아즈나르(Pedro Aznar)가 편곡해 부른 브라질 노래들이 담긴 'Aznar canta brasil'이다. 그의 CD를 카피해주면서 친해졌던 누군가에 대한 생각도 새록새록 떠오른다. 이 앨범도 편곡이고 노래 분위기 역시 팻 메스니 시절의 활동을 떠올리게 하니, 아마 친구도 마음에 들어할 거야.

그의 무덤에 탱고를 묻다

어느 비 오는 금요일, 감정적으로 지치고 힘든 날들을 보내다가 음악과 춤으로 위안을, 아니 나 자신을 마취시키고 싶어 그 유명한 아르헨티나의 밀롱가(Milonga)로 향했다. 밀롱가에 가려면 정장에 탱고화 정도는 갖춰 가야 한다는 것을 알고 있었지만 고단한 여행자에게 정장은 무리다. 음악만 들으러 온 거라 말하면 괜찮겠지 하는 생각에 그냥 검은 치마에 블라우스 그리고 간단한 화장을 한 뒤 출발했다.

하지만 음악만 편하게 들을 수 있는 밀롱가는 없는 듯했다. 화장과 복장을 완벽하게 갖춘 커플들이 플로어를 누비고, 음악은 대부분 라이브 밴드가 아닌 CD를 틀고 춤을 춘다. 진짜 라이브를 들을 수 있는 유명한 탱고 바는 말도 안 되게 비쌌다. 관광객들이 많이 가는 탱고 쇼가 아니라 음악을 들으면서 편하게 즐길 수 있는, 여행자 혼자 갈 만한 밀롱가가 이렇게 찾기 힘들 줄이야.

갑자기 모든 것으로부터 피로가 몰려왔다. 무거운 치마와 탱고와 커플 댄스, 거기에 더해 여행자로서의 고단함, 그리고 웃지 않는 아르헨티나 사람들에게.

음악을 들으며, 춤도 추고 싶다. 코리엔테스 거리엔 삼바 클럽도 있지만 악쉐(Axé)와 라인댄스만 나오고 삼바는 나오질 않는다. 몸을 돌려 택시를 타고 가까운 데 있는 살사 바, '라 살세라'로 향한다. 다행히도 캐주얼한 곳이다. 치마를 입고 온 내가 가장 잘 갖춰 입었을 정도다. 춤 솜씨도 선수 급에 속하는 사람들이 가득하다. 가까운 우루과이에서도 춤추러 온 사람들이 있다는 그곳에서 많은 사람들과 익숙한 음악을 듣고 춤을 추며 위로를 받는다.

난 춤으로부터 무얼 기대하고 있는 걸까? 내 인생에서 춤은 어느 정도의 위치를 차지하고 있는 것일까? 그저 끝없는 '위안'일까. 음악이 잔잔한 물결처럼 나를 가라앉혀주는 위안이라면, 춤은 내 안에 불을 붙여 순간적으로 모든 것을 잊게 해준다. 움직임으로써 그리고 다른 사람과 몸으로 소통하면서. 영어도 포르투갈어도 아닌, 내가 가장 잘 말할 수 있는 언어의 하나라고 자신하는 데 뭐가 이리도 어려운 걸까.

내가 만났던 춤추는 사람들은 몸으로 말하지 않고, 내가 사랑하는 사람은 춤추는 법을 모른다. 결국 나의 춤은 혼잣말이지만 인생에서는 그 혼잣말이 필요한 날들이 얼마나 많은지, 또 얼마나 큰 위안이 되는지.

살사를 추면서도 난 끊임없이 사우바도르와 이파네마, 코파카바나의 길거리를 떠올렸다. 음악과 춤과 삶이 구분되지 않는 곳, 브라질. 춤이 누구에게 보여주기 위해서가 아닌, 스스로의 위안과 즐거움을 위한 순수한 곳. 길거리에서 아무나 두들기는 장단에 춤을 춰도 사람들이 전혀 이상하게 생각하지 않는 곳.

탱고 음악을 듣기 시작한 것은 1998년. 춤을 배우기 시작한 2003년 이후 탱고와의 인연을 꼭 잡고 있었지만, 탱고가 태어난 이곳 부에노스아이레스에서 이별을 생각하게 될 줄은 몰랐다. 조용히 마음속으로 탱고와 이별하고, 부에노스아이레스와도 이별할 시간이 왔다.

떠나기 하루 전에 꼭 가려고 마음먹었던 곳에 들르기로 했다. 전설적인 탱고 가수 카를로스 가르델의 무덤. 차카리타 공동묘지. 그 입구에서 그에게 바칠 꽃다발을 사 들고, 꽤 넓은 무덤을 한참 헤맸다. 레콜레타보다 크고 간격도 넓었다. 그리고 알림 표지판도 없었다.

한참을 헤매도 표지판 하나 붙어 있지 않은 이 넓은 곳에서 그의 무덤을 찾기란 여간 어렵지 않다. 돈을 내지 않으면 관리해주지 않기 때문에 가끔 낡은 무덤을 만나면 조금은 오싹하기까지 하다. 멋대로 포개어진 관, 깨진 유리…… 거미줄과 검은 고양이까지.

평일 오전이라 사람도 없는 무덤을 헤매다가 무덤지기로 보이는 할아버지 한 분을 만났다.

탱고와 부에노스아이레스를 마음깊 묻기에 완벽한 이곳.

"카를로스 가르델 무덤이라면 여기서 가깝지. 이 마테 차라도 같이 마시고 보러 가자고."

할아버지가 나에게 마테를 권한다. 잔을 돌려 마시는 일은 아르헨티나 사람들의 사교 생활에 가깝다. 하지만 나눠 마시기엔 마테 컵이 너무 작았다. 웃으면서 거절하고, 그가 다 마실 때까지 기다렸다.

그렇게 헤매 다녔던 것이 무색할 정도로 그의 무덤은 가까운 곳에 있었다. 내 손에 들린 꽃을 보고 할아버지가 묻는다.

"가르델에게 주려고? 가르델은 꽃보다는 담배를 붙여줘야지."

아! 그의 손가락에 항상 담배가 끼워져 있다는 말은 들었다. 하지만 담배는 없으니 꽃만이라도. 도착한 그의 무덤은 원래 그의 키와 같은 크기란다. 20분 정도 앉이 이어폰을 끼고 그의 탱고를 들었다. 그리고 조용히 그에게 말을 걸어본다.

안녕하세요.
탱고에 대한 내 마음과 탱고 때문에 만났던 모든 사람들, 괴로움들.
이 무덤에 함께 묻고 갑니다.
당신의 음악이 있어 탱고가 정말 즐거웠어요. 무척 사랑했어요.
탱고에 대한 환상은 환상으로만 남겨두는 것이 좋을 듯싶네요.
당신이 절정의 순간에 비행기 사고로 사라져
전설이 되었듯 말예요.
제가 탱고를 다시 출 수 있는 날이 올지는 모르겠어요.
당신이 노래한 탱고가 위안이고 인생이라는 것을,
탱고가 꾸미는 것보다 유혹하는 것보다 온전한 위로라고……
더 많은 사람들이 알아채는 날이 오기 전까지는

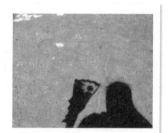

Samba reggae

탱고가 온전한 위로라는 것을 이해해주는
누군가를 만나면 다시 돌아올게요.

제가 음악 듣는 것 이외에는 탱고를 가까이할지 모르겠네요.

다시 만날 날이 있을까요? 이곳에 다시 올 날이 있을까요?

그때는 당신의 생일에 와서 사람들과 같이 노래하고 춤추고 싶어요.

안녕, 카를로스 가르델.

안녕, 부에노스아이레스.

안녕, 탱고.

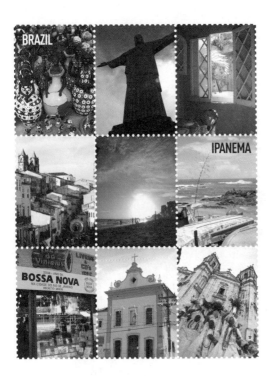

브라질

부에노스아이레스에서
리오데자네이로를 향해

부에노스아이레스에서 리우데자네이루로 가는 12월 21일.

비행기를 타고 아래를 내려다보며 어디에 무슨 평야가 있고 어떤 산맥이 있는지, 그런 지리 지형을 잘 알면 얼마나 좋을까 하고 처음으로 생각했다. 믿을 수 없는 풍경이 유리창 아래 펼쳐지지만 어디쯤 왔는지 전혀 짐작도 못하겠다. 보이는 곳마다 그냥 지나가는 것을 아쉬워하며, 언젠가는 어디인지도 모르는 저곳에 발을 내딛고 싶다고 생각한다.

내가 지금 할 수 있는 일은 몇 컷의 사진을 찍거나, 유리창 위로 지나가는 풍경들을 어루만지는 일뿐. 늘 새로운 곳으로 가든 돌아가든 비행기 위에서 보는 풍경은 여행을 계속하고 싶은, 묘한 초조함을 불러일으킨다.

삼바를 좋아하지 않는 사람은
좋은 사람이 아니야

다들 남미에 가면 가방을 분실한다거나, 비행기가 갑자기 연착하거나, 심지어 취소되는 일을 밥 먹듯이 겪는다고 말했다. 사실 주변에는 남미를 경험한 사람도 별로 없는데, 왜 그렇게들 소리 높여 경고한 거지? 그런데 가방이야 늘 조심했지만 혹시나 하는 마음에 두 번씩이나 컨펌한 비행기가 출발 당일, 아무 예고도 없이 취소되고 말았다. 공항에서 어이없어하는 나에게 항공사 직원은 "다음번 비행기를 타면 되잖아요"라고 했다. 아니 아저씨, 비행기가 무슨 지하철이냐고요!

다행히도 공항에 세 시간 전에 나갔더니 취소된 8시 반 비행기 대신 10시 비행기로 보딩 패스를 끊어준다. 아주 잠시, 그럼 이 시간에 예약한 사람들은 어쩌나 싶었지만 한 시간 반 늦게라도 가는 게 다행이라는 생각이 드는 걸 보니 나도 어느새 남미 스타일이 되어가나 보다. 지방 공항인 멘도사 공항은 중간중간 전기가 나가기도 한다. 카페테리아의 커피 머신도, 비행기 탑승구도, 수하물 벨트도 멈칫멈칫.

참자. 너무너무 가고 싶었던 나라니까 즐거운 마음으로 타고 즐거운 마음으로 내려야지. 그 어느 것도 브라질로 가는 내 기분을 망칠 순 없지. 비행기 한 시간 늦어지는 건 아무것도 아니야. 만약 비행기가 취소되면 그때 한꺼번에 화를 내자.

명색이 비행기라니까 일단 이륙하면 문제없을 줄 알았는데, 이륙을 시작하다 말고 멈춰 선 상태로 한 시간 반이나 서 있다. 서 있는 비행기가 주는 불안감을 보드카오렌지 한 잔과 탑승하며 받은 보딩 패스 한쪽을 계속 들여다보는 일로 달랜다. 밤새 혼자 호스텔에서 다시 편집해 넣은 삼바 음악도 들으면서. 원래는 타악기를 거의 두들겨 부수다시피 하는 신나는 바투카다나 빠른 파고지를 듣고 싶었지만, 두 곡 듣고는 이내 포기. 불안하니까 느린 음악이 좋다. 오랜만에 톰 조빔이 직접 노래하는 composer's play.

Outra vez sem voce, Outra vez sem amor,
Outra vez vou sofrer
또다시 당신 없이, 또다시 내 사랑 없이,
또다시 고통스러워하겠네.

그의 노래가 차곡차곡 마음에 쌓인다.
리오데자네이로 국제공항 이름도 안토니오 카를로스 조빔이지. 리버풀의 존 레넌 공항도 있었고. 또 다른 음악가 이름을 붙인 공항이 있었던가?

아! 뉴올리언스의 루이 암스트롱 공항하고…… 참! 뮌헨 공항은 요한 스트라우스였던가? 사실 왈츠도 비행과 참 잘 어울리는 음악인데……. 그렇고 그런 몇 가지 생각들.

비행기와 공항에서 어찌어찌 탈출해 제일 안전하다는 라디오 택시를 타고(제일 안전하다는 말에 항상 넘어간다. 물론 돈은 좀 더 들지만) 시내로 향한다. 공항에서 내가 머무를 이파네마 해변까지는 차가 안 막히면 40분 정도 거리로 꽤 먼 편이다.

창문을 열고 드디어! 드디어 내리게 된 '히우'(이젠 브라질이니까 포르투갈식 발음으로)의 바람을 느끼고 싶었지만 비가 부슬부슬 오는 데디 안전상의 이유로 공항에서 시내로 가는 길에 창문을 열면 안 된다고 운전기사 아저씨가 설명한다. 열대의 꽃이 피어 있는 히우의 해변가를 달리는 게 아니라 비 오는 고속도로를 달리는 것도 그렇고, 공항 게이트를 빠져나오는 순간 삼바 이외엔 아무 음악도 들리지 않을 테고, 택시 운전사들은 모두 다 삼바 이야기를 할 것 같았는데…… 택시 안의 CD플레이어에서는 비욘세와 에이미 와인하우스의 미국 차트 음악들이 흘러나온다. 여긴 삼바가 공기처럼 흐르는 곳인 줄 알았는데.

"아저씨, 삼바 음악 안 들으세요?"

"브라질에 삼바 안 좋아하는 사람이 열 명 정도일 텐데…… 내가 그중 하나일걸."

내가 원한 답은 이게 아닌데. 그러니까 그 넓은 브라질에서 삼바 안 좋아하는 사람이 열 명, 그 열 명 중 택시 운전하는 사람 차에 한국에서 온, 삼바를 엄청나게 좋아하는 내가 탔다는 말이지? 바이아에서 태어나 히우에서 활동하며 카르멘 미란다를 통해 전 세계에 삼바를 알린 천재적인 작곡가 도리발 카이미의 유명한 노래 「Samba da minha terra」가 떠올랐다.

Quem não gosta de samba bom sujeito não é
É ruim da cabeça ou doente do pé
삼바를 좋아하지 않는 사람은 좋은 사람이 아니야.
제정신이 아니거나, 발이 아파 춤 못 추는 사람일 거야.

점점 굵은 비가 온다. 삼바를 좋아하지 않는 이 아저씨, 두려워해야 하는 걸까? 어쨌거나 택시는 해변가와 높은 봉우리들에 구름이 걸친, 칙칙한 히우의 풍경을 보여주며 계속 달린다. 보타 포구를 지나 넓디넓은 호수 옆길로, 그리고 코파카바나로. 조금 더 가면 드디어 이파네마다!

드디어, 드디어 브라질에 왔다.

Girl from 도봉2동

여섯 명이 쓰는 도미토리 룸에 짐을 풀어놓고, 아니 그냥 던져놓고 비오는 이파네마 거리로 나선다. 나의 가장 먼저 할 일은 브라질에 도착했다고 사우바도르에 있는 산드라에게 전화를 거는 것과 슈퍼마켓이 어디 있는지 미리 알아두는 것. 그런데 택시만 타봐도 이곳 물가가 얼마나 비싼지 알 만하다.

히우에서 이파네마는 굉장한 부촌이다. 코파카바나도 유명한 관광지이지만 이파네마가 좀 더 조용한 데다 알짜 부자 관광객들이 찾아올 뿐 아니라, 진정한 히우 시민들이 모여 산다는 느낌이 드니 말이다. 건물마다 경비와 자동 철문이 있고, 깨끗한 거리며 카페에 앉아 커피를 마시며 수다를 떠는 사람들까지 남다르다. 젊은 여자들과 아주머니들, 할머니들까지 대단한 미모에 헤어핀부터 비치 샌들까지 모두 명품으로 둘둘 감고 있는 모습, 게다가 누구랄 것도 없이 성형 수술을 하고 있다.

사실 나는 대대적인 '보수 공사'를 한 사람도 잘 눈치 채지 못하는 편인데, 그런 내가 입을 쫙 벌리고 쳐다볼 정도이니 더 이상 무슨 말이 필요할까. 브라질은 성형 적금이나 대출, 보험도 있는 나라이고 그 어느 지역보다 히우의 성형 수술 빈도가 높다고 한다. 수술도 돈 있는 사람들이 할 수있으니 이 부촌에서 더더욱 많이 보이는지도 모르겠다. 워낙 예쁜 여자들

의 포스가 강해서 사진 찍기도 무서울 정도이다. 사실 우리나라에서도 청
담동 카페에 앉아 있는 연예인에게 카메라를 들이대긴 어려우니까.

큰길 하나만 건너면 바로 이파네마 해변. 길거리에 삼각 수영복 하나 입
고 다니는 아저씨들을 보면 눈을 어디다 둬야 할지 민망해서 고개를 숙이
고 걷거나 쇼윈도를 들여다보는 척해야 했다. 몸매에 자신 있는 아저씨들
은 사각이라도 딱 달라붙는 수영 팬티를 입고 당당하게 거리를 걷는다.

파스타를 끓여 먹을까 했지만 멘도사에서 부에노스아이레스를 거쳐 이
곳까지 오는 동안 비행기 때문에 쌓인 피로감과 잠깐 비가 오고 난 뒤 이어
지는 사우나 스타일의 무더위 때문에 모든 의욕을 상실하고 말았다. 호스
텔에서 추천해준 '트로피칼(Tropical)'라는 델리에 가서 샐러드와 크레페
로 싸고 화이트소스를 끼얹은 닭 가슴살과 브라질에 온 기념으로 코코넛
케이크를 먹었다.

단걸 잘 못 먹지만 신선하고 하얀 코코넛 컬을 붙인 케이크를 보니 신기

해서 안 시킬 수가 없었다. 방금 썰어서 체 친 코코넛을 올린 케이크야말로 열대지방의 전유물이니까. 이 집은 『론리 플래닛』에도 나와 있을 만큼 유명한데, 샐러드 개수에 따라 가격이 정해지고, 생선이나 고기, 후식과 음료는 별도로 판매한다. 어이없을 정도로 물가가 비싼 곳이라, 이 산뜻하고 깨끗한 샐러드는 꽤 저렴하게 느껴진다.

바닷가에 가기는 조금 어두워서 사람 구경을 하며 골목을 이리저리 걸었다. 남은 꽃을 팔아치우려고 목소리를 높이는 아저씨, 이제야 눈에 보이는 길거리의 붉디붉은 꽃들. 그리고 이름도 알 수 없는 신기한 나무들이 길에 가득하다. 뿌리 부분에는 붉은 꽃을, 윗부분에는 풍란처럼 여러 가지 열대란을 붙여놓았다. 나무 한 그루에서 적어도 몇 가지의 식물을 같이 볼 수 있는, 아름답지만 조금 괴상한 나무. 그 자연스럽지 않은 모양새가 이파네마에 넘쳐나는 성형 미인들과 많이 닮았다. 성형 미인, 성형 나무.
나무들을 관찰하며 걷다 보니 어느새 바다. 노래에서만 들어온, 끊임없이 꿈만 꾸어온 이파네마 비치…… 보사노바의 고향. 비가 내리고 바람이 부는 해질녘의 이파네마는 '나쁜 물'이라는 이름에 걸맞게 파도가 엄청 높다. 수영하는 사람들도 없고, 일광욕하는 사람들도 없다. 그래도 한참 바다를 바라보니 어쩔 수 없이, 자연스럽게 세상에서 가장 유명한 노래 한 구절이 떠오른다.

햇볕에 그을리고 날씬하며 앳되고 예쁜 이파네마 아가씨가 걸어간다.
걸음걸이는 삼바 리듬. 경쾌하게 흔들며 부드럽게 움직인다.
좋아한다 말하고 싶지만, 내 마음을 주고 싶지만
그녀는 내가 있는 걸 알아차리지도 못한다.

그저 바다만 바라보고 있을 뿐.

드디어 왔구나. 서울시 도봉2동에서 여기까지. 헤엄칠 수 없는 거친 파도와 부슬부슬 내리는 비, 사람 없는 모래사장. 거친 파도에 휩쓸릴까 봐 헤엄도 치지 않고 모래사장을 바라보는 사람들의 시선을 뒤로하고 빨리 걷기 바쁜, 성형 수술 두 번쯤 한 된장녀 이파네마 아가씨들로 가득한 곳. 꿈에 그리던 곳이라고, 매일같이 와보고 싶었던 곳이라고 해서 오자마자 홀딱 반할 순 없겠지. 하지만 걱정 안 해. 마음속으로 그려왔던 만큼 곧, 금방 사랑에 빠질 테니까.

아직은 낯설지만 걱정 안 해.
오랫동안 마음속에 그려왔던 만큼
금방 사랑에 빠질 테니까.

라파의 금요일 밤

이런 걸 두고 컬처 쇼크라 할 수 있을까? 잠시 할 말을 잊고 눈앞에 펼쳐진 광경에 넋을 놓는 일. 기가 막힌 비경이나 아름다운 음악에 놀라서 할 말을 잊는 그런 종류와는 차원이 다르다. '라파(Lapa)'라는 곳에 모여 금요일 밤을 지새우는, 정말로 심각하게 파티를 하고 있는 수백 명의 브라질 사람들을 보며 눈이 휘둥그레진다. 이곳이 실제로 존재하는 곳인지, 지옥인지 천국인지 헷갈리는 광경이다. 브라질에 온 첫날 밤부터 이런 광경을 보게 될 줄이야.

라파는 산타테레사 근처의 전차가 다니는 높은 아치로 유명한 곳인데, 평일에도 몇몇 클럽이 열긴 하지만 금요일 밤이 가장 흥청거린다. 평일 낮

에도 여자 혼자 가기엔 위험한 곳이라는데 금요일 밤만 되면, 정말 많은 히우 사람들이 이곳에 모인다. 이파네마에 사는 부잣집 사람들보다, 이날의 파티를 기다리며 일주일의 고단함을 눌러온 것이 분명한 보통 브라질 사람들이 '데모크라티카(Democratica)' 라는 대형 삼바 클럽을 중심으로 모여드는가 하면 사방에 크고 작은 클럽에서 삼바부터 살사와 메렝게까지 음악과 춤이 넘쳐난다. 춤과 음악에 집중하는 사람들도 있지만, 대부분 춤추며 음악 들으며 술을 마시며 그리고 작업을 건다.

브라질의 사탕수수 술인 '카샤사' 에 라임과 설탕을 넣어 만든 '카이피 링야' 는 물론이고, 스티로폼 박스에 넣어 알맞게 냉장시킨 맥주, 작게 자른 라임과 소금을 함께 가지고 다니며 마시는 테킬라, 또 보드카를 외치는 사람들이 길거리에 가득해 걸음을 뗄 수 없을 정도다. 쇠고기며 닭고기를 꿰어 숯불에 구운 꼬치인 '슈하스코' 도 잔뜩 팔고 있다. 라파에 오기 전 호스텔의 바텐더 마르코가 '라파' 에서 술을 마실 땐 보드카나 테킬라 같은 스트레이트는 아무래도 질이 낮으니 조심하라고 미리 경고해준 말도 있고, 카샤사도 싸구려는 머리가 아프니까 맥주 캔 하나 들고 길거리에 흐르는 음악을 듣다가 마음에 드는 음악이 나오면 잠시 들어가 듣고, 또 다른

라파의 길거리. 골목, 술집과 식당마다 사람들은 모두 하나가 되어 노래를 부르고 춤을 추고 술을 마신다.

곳으로 가고 또 나와서 거리를 걸으며 술 마시다가 다시 음악이 흐르는 곳으로 들어가라고 충고해주었던 터라, 나는 그들의 말대로 그렇게 하기를 반복했다.

그런데 밤이 지나고 나니 그날 밤의 라파가 금방 그리워졌다. 그 정신없음, 자유, 적당한 흐트러짐 같은 것들. 난생처음 경험해본 한밤의 축제가.

파티, 광란, 자유...... 이런 짧은 단어들로 라파의
금요일 밤을 과연 설명할 수 있을까?

삼바스쿨 망게이라

히우에 온 가장 큰 목적 중 하나가 '삼바스쿨(Escola de samba)'에 가보는 것이다. 히우에만 몇백 개의 삼바스쿨이 있지만 대중을 위해 주말에 연습실을 오픈하는 큰 삼바스쿨은 얼마 되지 않는다.

삼바스쿨. 서울에서 요리가 아닌 다른 무언가를 배우고 싶다는 생각에 고민하던 중 매주 홍대에서 브라질리언 퍼커션 워크숍이 있다는 것을 알게 되었다. 다행히 엎어지면 허리 닿을 거리여서 한 주 한 주 열심히 나갔다. 그해 여름엔 기찻길 옆 건물 지하에 다 함께 댄스와 연주를 같이할 수있는 공간이 생겼고, 브라질에서 삼바 댄스를 가르칠 사람도 오고 해서 브라질에서 인정해준 삼바스쿨은 아니지만 '에스꼴라 알레그리아'란 이름도붙였었다.

오래전부터 브라질 음악을 좋아했지만 '음악은 듣기만 하자'는 생각에 15년 넘게 살아오다가 연주를 하려니 스트레스가 쌓이기도 했지만— 틀리면 자책하는 병이 있는지라 — 그래도 사람들 만나서 연주하는 것이 참즐거웠다. 공연도 하고, 영화제에 연주하러 다 함께 단합대회를 가기도하고, 공연을 핑계로 아프로 파마도 처음 해보고…… 그렇게 1년여를 즐겁게 보냈었다.

그 당시 사람들과 가장 많이 합주한 곡이 비로 가장 오래된 삼바스쿨 망

토요일 밤의 망게이라. 모두 순수한 마음으로 삼바를 즐기고,
사랑하는 삼바스쿨의 깃발 아래에서 하나가 된다.
태어나서부터 이곳에 살아온 사람도,
그리고 아주 먼 곳에서 찾아온 나와 같은 이방인들도.

게이라(Estácio Primeira de Mangueira)의 찬가인 「Exaltação á Mangueira」인데, 워낙 유명한 곡이기도 하지만 처음 배우고 연주했다는 이유 때문에 히우 여행 중 꼭 해야 할 첫 리스트로 이 삼바스쿨로 올려놓았었다.

에스콜라 데 삼바, 삼바스쿨이란 말은 기억하기 쉬운 호칭에 가깝다. 이곳은 삼바를 연주하고 배우는 곳이라기보다는 복합적인 커뮤니티에 가깝다. 물론 커뮤니티의 일원들이 초봄 카니발을 준비하고 그해의 '행진곡(Enredo)'을 만들지만 카니발 그 자체만으로 모이고 흩어지는 것이 아니라 삶을 살아가는 모든 과정과 함께 호흡하는 삼바스쿨이란, 참으로 복합적이고도 절대적인 존재였다. 히우 뮤지션들의 뮤직비디오를 보면 자신들이 지지하는, 또는 사랑하는, 소속되어 있는 삼바스쿨의 뮤지션들이나 원로 멤버들을 불러와 코러스며 연주를 같이하는 모습을 흔히 볼 수 있다.

호스텔에서 토요일마다 삼바스쿨에 갈 사람들을 모집한다기에 일찌감치 신청을 해놓았다. 꿈만 같은 그곳에 동행하게 된 이는 핀란드 사람 새미(Sami). 핀란드 삼바스쿨에서 꽤 오랫동안 연주했단다. 히우에 와서 머무른 지는 1년 정도 됐고, 카테치에 살면서 일요일마다 길거리 공연을 하고, 사나흘은 카포에이라(Capoeira) 클래스에 나간다고 했다. 둘 다 같은 악기인 땀보린(Tamborine)을 연주한다는 공통분모를 발견하고, 우리는 광속으로 친해졌다. 아일랜드에서 온 채식 요리사 일레인도 같이 가기로 했다.

삼바스쿨 동네 입구에는 벌써부터 입장을 기다리는 사람들로 인해 꽤나 북적거렸다. 주말 연습 오픈 파티를 '인사이우(Ensaio)'라고 한다. 삼바스쿨의 주된 수입원이기도 한데 보통 우리나라 돈으로 1만 원 정도. 관광객들이나 삼바를 즐기려는 사람들, 그리고 망게이라를 지원하는 사람들이 모두 모여 끊임없이 노래를 반복하면시 연습한다. 그러고 나서 악단이 삼바를 연주하고, 사람들은 놀고 마시고 작업하면서 그야말로 파티 분위기를 마음껏 즐기는 것.

동네 사람 잔치에 끼어든 기분이었지만 기운차게, 다들 맥주 한 캔씩 더사 들고 입장했다. 들어가면서 난생처음, 공항이 아닌 곳에서 몸수색을 받아봤다. 히우의 빈민가가 워낙 위험한 곳이어서 총을 가지고 있는지 없는지 사람들 많이 모이는 곳이라면 조사하는 것이 당연한 일이겠지만 그래도 왠지 서글프고 낯설다.

들어가자마자 연습곡 가사가 적힌 종이를 나눠준다. 이미 노래를 시작하며 분위기를 띄우는 이들은 나이 많은 할머니들이다. 저분들이 말로만 듣던 에스콜라의 원로 '벨랴 과르다(Velha Guarda)' 들이구나. 음악을 해온 사람들을 존중하고, 어린아이들에게 전통을 계승하는 데 철저한 음악이 삼바 외에 또 있을까? 물론 브라질의 젊은이들도 삼바 이외의 다른 음악을 듣고, 뮤지션으로 활동하기도 하지만 그들은 삼바가 자신의 뿌리임을, 자신이 어떤 음악을 하고 있든 삼바가 자신의 일부분임을 생각하고, 말하고, 연주한다.

악단이 입장하고, 악기별로 돌아가며 아주 잠깐 손을 풀더니 바로 연주를 시작한다. 그리고 동시에 나란히 줄을 서 있던 벨랴 과르다들이 행진을 시작하며 노래를 부른다. 내가 수없이 연주해온 바로 그 노래 '망게이라 찬가'를. 곧 모든 사람이 합창을 하고 빙글빙글 돌면서 사람들을 행렬 사이에 끼워 넣고 5분쯤 지나자 모든 사람이 줄을 만들어 천천히 돌면서 반복해 찬가를 부른다.

저절로 눈물이 난다. 노래가 아름다워서라기보다 늘 꿈꾸던, 그토록 가고 싶었던 곳에 내가 있다는 것, 그리고 노인부터 젊은이들까지 모두 자유롭게 행렬에 섞여 이 오래된 노래를 부르고 있는 것이 너무나 아름답고 존경스러워 눈물이 주룩주룩 흘렀다. 이곳 사람들에게 삼바는 음악이 아니라 삶에서 가장 중요한 무엇이구나 하는 생각.

갑자기 새미가 내 팔을 잡더니 행진하는 대열로 끌고 갔다. 함께 노래 부르고 춤을 추자면서. 아무리 둘러봐도 동양인은 나 혼자라 순간적으로 쑥스러워 몸이 오그라들었지만 모든 사람이 큰 소리로 노래하고, 춤을 추느라 아무도 신경 쓰지 않는다. 서툰 삼바 스텝으로 몇 바퀴 돌고 나니 어느덧 내가 사람들과 어깨를 두른 채 익숙한 노래를 부르고 있었다.

낯선 여자가 자신들의 말로 서툴게 노래를 따라 부른다는 것만으로도 평생 알고 지낸 친구처럼 대해주는 친절한 사람들. 젊은 남자와 엉덩이를 붙이고 섹시하게 춤추는 할머니, 제대로 서 있기도 힘들 정도로 나이 들었지만 여전히 젊은 아가씨들에게 예쁘다며 윙크하는 할아버지들, 나이와 상관없이 밤새 노래를 부르는, 순수하게 삼바를 사랑하는 사람들 그리고 망게이라 깃발에 앞 다투어 키스하는 모습. 여기 있는 동안은 모든 것을 잊고 음악과 춤에만 몰두하는 정열적인 모습들. 완전히 동화될 수는 없지만 완전히 감동할 수는 있는 아름다운 모습.

잠시나마 이곳의 일부분이 되었다는 사실만으로도 아주 오랫동안 간직할 추억 하나를 얻었다.

일요일의 이파네마 히피마켓

　사람들이 춤추면서 마시느라 흘린 맥주로 바닥이 미끈거렸던 삼바스쿨에서 새벽까지 광란의 시간을 보내고, 어떻게 돌아왔는지 모르겠다. 새미가 호스텔 앞까지 데려다 준 것 같기는 한데. 다리가 엄청 땅기는 걸로 봐선 어제 미끄러지지 않으려고 힘주면서 춤을 춘 후유증인 듯싶다. 끙끙 앓고 있는데 건넛방의 샬럿이 찾아와 아침을 먹자고 깨운다.

　"어제 일찍 자느라 삼바스쿨 같이 못 가 미안했어."

　"뭐 미안할 것까지야. 괜찮아."

　스물여섯의 샬럿은 영국 아가씨다. 런던에서 지체 장애아들에게 악기를 가르치는데, 최근 일본인 남편과 이혼하고 기분 전환 겸 친구와 함께 이곳에 와서 일주일을 보내고 있는 중이다. 런던 이야기와 살사 댄스 이야기를 하면서 그녀와 또 금방 친해졌다.

　이상하게도 며칠 내내 영국인지 브라질인지 구분이 안 가는 비가 오락가락하는 우울한 날씨 때문에 이곳과 서너 시간 떨어진 섬으로 갈까 생각하게 되었다. 강풍과 폭우, 소나기가 반복되고 밤에는 모기가 들끓는 이곳 날씨는 며칠 내내 우울했으니까. 덕분에 하루 종일 잘 수 있었지만.

　조와 샬럿, 크리스털과 같이 일요일에만 여는 이파네마 히피마켓에 가기로 했다. 꽤 큰 규모의 시장인데, 민예품이나 공예품이 많다고 모두 추

천해주었다. 호스텔에서 조금 떨어진, 시장이 열리는 '플라사 그라우 오소리우(Praça Gral Osorio)' 까지 슬슬 걸어갔다. 날씨는 오랜만에 맑고 햇살도 쨍쨍. 공원에는 놀릴 만큼 많은 상점들이 들어서 있었다.

물건 살 계획이 없던 우리는 '산책이나 할까?' 하는 식으로 시큰둥하게 나왔는데 물건을 보고는 모두 잽싸게 호스텔로 다시 돌아가 지갑을 가지고 왔다. 다들 히우를 마지막으로 자기들 살던 곳으로 돌아가기 때문에 여기서 가족들에게 줄 선물을 사기로 한 것이다. 열쇠고리부터 수많은 액세서리들이 질도 좋고 깨끗하다. 게다가 길거리 노점상에서도 카드 결제가된다니! 북부 바이아에서 온 인형이며 작은 악기들, 옷까지 물건도 다양하다. 나 역시 처음에는 구경만 하려다가 함께 연주하던 오빠를 위해 호루라기를, 나를 위해서는 길고 얇은 에스닉풍의 롱스커트를 사고, 조의 여자친구를 위해 꽤 비싼 터키석 팔찌도 골라줬다.

조는 전날 술을 너무 많이 마시고 바에서 만난 브라질 여자와 밤을 보냈다는 죄책감과 숙취에 시달리고 있었는데, 그래서인지 비싼 선물에도 선뜻 지갑을 열었다. 혼자 배낭여행을 하던 지난 7개월 동안 여자친구만 생각하고, 가는 곳마다 작은 선물을 사 모으며 지내다가 막판에 사고를 친

것이 몹시 괴로웠나 보다. 피 끓는 열대지방에 예쁜 여자들이라니…… 거기에다 '술'이 원수로구나.

전통 바이아 음식인 '아카라제'를 파는 트럭들이 있었지만 다음 주에 가는 사우바도르에서 진짜배기를 먹고 싶은 마음에 꾹 참았다. 다들 쇼핑에 지쳐 길거리에 주저앉아 망고 주스를 마시고 천천히 슈퍼마켓에 들러 파스타 재료를 사 들고 돌아오니 또다시 억수같이 비가 내렸다. 호스텔 수영장에 둘러앉아 비를 맞으며 한참을 낄낄거리다 마르코가 출근하는 바(bar)로 모여들어 맥주와 카이피링야를 시켜놓고 또다시 수다를 떨었다. 비가 계속 오는 바람에 해변가에는 못 나갔지만 새벽까지 수다 떨거나, 놀다가 지쳐 잠들었다가 늦게 일어나 잠시 노닥거리다가 다시 노느라 바쁜, 진짜 휴가를 오랜만에 즐기는 중이다.

호스텔에서 만난 친구들과 함께하는 휴일 오후의 쇼핑도 즐거운 휴가의 일부분이다.

브라질에서 즐겨마시는 파티음료,
집에서 만들어볼까?

카이피링야 (Caipirimha)

재료
라임 한 개(없으면 레몬 반 개), 백설탕 1테이블스푼(60ml)
카샤사 4테이블스푼, 부순 얼음

만들기
1 라임을 웨지 모양으로 8등분한다
2 기다란 컵이나 칵테일 셰이커 안에 설탕과 라임, 얼음을 넣고 나무 공 같은 것으로 찧어
준다.
3 그 위에 카샤사를 붓고 잘 저은 뒤 마신다.

보드카나 럼으로 대신할 수도 있는데 보드카를 넣은 경우에는 카이피로스카
(Caipiroska), 럼을 넣으면 카이피리시마(Caipirissima)라고 부른다. 카이피프루타
(Caipifruta) 도 브라질에서 인기 있는 카이피링야의 한 종류인데, 파인애플이나 패션프루
트, 망고, 포도 등 자신이 좋아하는 과일과 연유를 넣어 갈아 만든다.

피스코 사워 (Pisco sour)

재료
피스코 또는 브랜디 반 컵(120ml), 두 개의 라임 또는
한 개의 레몬 즙(4테이블스푼), 백설탕 1테이블스푼,
달걀 한 개 흰자만(위생처리 된 달걀 사용), 얼음

만들기
모든 재료를 블렌더에 넣고 달걀 흰자가 완전히 섞
이고 윗부분에 거품이 올라올 때까지 갈아준다

뜨겁고 우울한 크리스마스이브

흐리고, 장대비가 오고 강풍이 부는, 믿을 수 없을 정도로 어이없는 날씨가 이어졌다. 여기 남미 맞아? 크리스마스 시즌에 히우에 모인 사람들은 당연하게, 모두 열대지방의 크리스마스를 기다리고 있을 텐데 바닷가에는 나가볼 수 없을 정도로 비가 내리고, 검고 흐린 하늘은 런던과 비슷한 분위기를 풍겼다. 게다가 나무가 많은 호스텔에는 우기가 끝나고 막 활동을 개시한 엄청난 수의 모기들이 밤마다 모여들었다. 미리 약을 뿌리고, 향을 피워도 소용없었다. 성질 같아서는 불을 켜놓고 밤새 모기를 때려잡았을 텐데 네 명이 함께 사용하는 도미토리이다 보니 조용히 물려드릴(?) 수밖에. 친구들이 모기에 뜯겨 퉁퉁 부은 내 발을 보고 경악하거나 물린 숫자를 세어보며 장난칠 때마다 말해줬다.

"That means I'm so delicious!"

날씨를 핑계로 파티와 게으른 생활이 이어졌다. 점심때쯤 일어나 비가 안 오면 해변가로 산책을 나가거나 방에서 또 자고, 호스텔 수영장에서 놀다가 마르코나 루이사가 술집 문을 여는 5시엔 모두 모여 밤늦게까지 맥주나 카이피링야를 마셨다. 날씨는 우울했지만 함께 시간을 보낼 수 있는 이들이 있어 다행이었다.

세계 일주 중인 아들딸들을 만나러 히우까지 날아와 크리스마스 파티를

하는 영국인 가족들과도 친해졌다. 그 가족의 남자들만 호스텔 부엌에 모여 크리스마스 만찬 음식으로 볼로네제 스파게티를 만드는 것을 보고 괜히 마음이 찡해져 — 남들이 요리하는 모습만 보면 끼어드는 것이 도대체 무슨 병인지 모르겠다! — 싸 가지고 갔던 칼자루와 얇은 도마를 빌려주고 멘도사에서 사 가지고 온 말린 토마토를 잘라주기도 했다.

너무 센 불에 끓이는 바람에 돌이킬 수 없이 시어버린 토마토 스파게티에 샐러드 그리고 맥주. 선물을 주고받으며 호들갑스러운 키스를 나누는 사람들. 불어터진 스파게티 한 접시 앞에 놓고도 즐거운 것이 바로 가족이겠지. 나는 지난 몇 년 동안 크리스마스 때마다 음식 준비하느라 정신없었던 터라, 한가하게 비 그치기만 기다리며 남이 해주는 파스타를 얻어먹는 파티가 낯설었다. 모든 것을 풀어놓고 편히 쉬기에는 아직 태엽이 너무 꽉 조여져 있어서 그런가?

모두들 24일부터는 날씨가 좋아지길 간절히 바라서인지 거짓말처럼, 크리스마스 선물처럼 햇볕이 쏟아져 내렸다. 다들 아침부터 수영복을 입고 허리엔 강가를 두르고 선크림통과 비치 샌들 바람으로 일찌감치 해변에 나왔다. 칠레에서 심각하게 얼굴을 태운시라, 피라솔에 의자까지 빌린 다음, 큰맘 먹고 사두었던 초대형(가격도 비싼) 밀짚모자까지 썼다.

난생처음 만나는 한여름의 크리스마스이브. 사방에 몸의 일부분만 가리거나 딱 달라붙는 삼각 수영 팬티를 입은 사람들이 점점 늘어나고, 구운 새우부터 아이스크림 바, 치즈와 주스, 맥주, 선크림과 수영복을 파는 행상들이 사람들 사이를 끊임없이 오가며 호객 행위를 한다. 주변의 모든 일들이 태어나 처음으로 겪어보는 일들. 좋은 경험이긴 한데 자리 잡은 지 30분도 안 되어 다들 더위에 괴로워하기 시작한다. 이렇게 몸을 파고드는 뜨거운 햇살이라니. 특히 잘 달구어진 모래의 뜨거움이란.

처음에는 비치 타월만 깔고 엎드려 일광욕을 즐기던 사람들도 서둘러 파라솔을 빌린다. 물에 들어가기엔 파도가 너무 높아 할 수 있는 건 일광욕이 전부다. 그나저나 이렇게 타오르는 태양을 오랫동안 파라솔 없이 거의 맨몸으로 견디고 있는 사람들은 도대체 뭐란 말인가. 그늘에 들어가 있었는데도 세 시간 동안 빨갛게 익어버린 나는 자리를 털고 일어나 호스텔의 그늘진 수영장으로 돌아가기로 했다.

모래사장을 벗어나 다시 인도로 나오기까지의 5분은 내 생애 가장 긴 시간이었다. 브라질 갈 때 모기약과 모기장 이외의 다른 필수품이 있다면 그것은 바닥이 두꺼운 비치 샌들. 멘도사에서 싼 맛에 샀던 얇은 비치 샌들은 길거리를 돌아다니는 데 도움이 될지는 몰라도 뜨거운 햇살 아래 엄청나게 뜨거워진 모래로부터 발을 보호해주진 못했다.

파도를 가까이 보겠다며 안쪽으로 들어갔던 나는 차가웠던 오전의 모래가 이렇듯 금방 뜨겁게 달궈질 것이라곤 생각조차 못한 죄로 2, 3분 동안 그야말로 비명을 지르며 모래 위를 깡충깡충 뛰어야 했다. 발이 타들어가는 아픔을 느끼는 중에도 엉뚱하게 내가 해변에서 느긋하게 누워 있는 동안 지나갔던 수많은 행상들이 생각났다. 이렇게 뜨거운 모래가 가득한 코파카바나와 이파네마를 하루 종일 걸어다니는 그들의 고단함이 온몸으로 느껴져 마음이 아팠다. 생계를 이어간다는 게 다 그렇겠지만, 그들은 얼마나 힘들고 고단할까? 크리스마스이브란 것을 생각해서라도 그들에게 무언가 사 먹었어야 하는 게 아니었을까 하는 죄책감까지 들었다.

인도 옆 모래사장에서 비치발리볼을 구경하던 아저씨 한 분이 아까부터 날 바라보고 있었다. 웬 동양 여자가 커다란 밀짚모자를 쓰고 비명을 지르며 모래밭을 뛰어다니는 모습이 우스웠던 모양이다. 그가 모래사장을 벗어나자마자 길바닥에 쓰러져 아이고 소리를 연발하며 울고 있는 내 발에 고무호스를 끌어다 물을 뿌려주었다. 김이 한 솥이나 무럭무럭 나지 않았을까? 이 아름다운 바닷가에서 크리스마스이브에 느낀 감정이 뜨거운 모래에 데어 죽는 것이 아닐까 하는 공포라니!

차가운 '코코넛 워터'를 마시면서 다시 한번 이 아름다운 도시와 이파네마 해변을 즐기는 부유한 사람들과, 그날그날 물건을 떼어 팔러 나오는 가난한 사람들에 대해 생각했다. 빈부 격차가 너무 심한 이곳 브라질. 도시 안에서 가난한 사람들과 부자들은 격리되어 있다. 히우 대부분의 호스텔에는 'Be a local in Favela' 라는 제목의 빈민촌 투어 프로그램이 있다. 물론 관광객이 혼자 들어가볼 수 없는 위험지대이기 때문에 관광 프로그램이 생겼다지만, 그렇게 격리시켜놓는다고 과연 범죄를 예방할 수 있을까? 과연 다른 이들의 빈곤과 절박함이 상품으로 만들어질 수 있는 것일까?

빈곤마저 관광 상품이 되어버린 히우. 만약 그곳에서 그 사람들과 잠시나마 소통하고 적은 돈이나마 그들에게 직접 전달할 수 있다면 한번쯤 생각해봤을 텐데. 엉뚱하게도 크리스마스에 이 아름답고 뜨거운 해변에서 결국엔 우울한 생각을 하며 하루를 보내는구나.

히우에서의 완벽한 하루

커다란 도시 히우를 다 돌아보려면 일주일도 모자란 비 오는 날씨와 크리스마스 때문에 호스텔과 이파네마에만 머무르고 있었다. 그러다가 영국 친구 킴(Kim), 도이(Doy)와 함께 시티 투어를 하기로 했다. 28일이면 나는 사우바도르로, 킴과 도이는 히우 근처 니테로이에 가서 새해를 맞아야 하기 때문에 시간을 절약한다는 차원에서 시티 투어를 선택한 것이다.

전날의 과음으로 흔들리는 머리를 안고 출발! 오늘이 히우의 모습을 전체적으로 담을 수 있는 마지막 기회가 될 것이라는 생각에 난 무거운 카메라에 올리비아를 데리고, 거기에다 비싸고 큼직하고 거추장스럽지만 햇살을 가려줄 것 같은 모자까지 쓰고 나갔다. 그런데 다들 멋진 풍경을 바라보며 드라이브를 하는 줄 알았는데 웬걸! 첫 코스는 '팡지아수카르(Pão de Açucar, 일명 설탕빵산)' 부근에서 한 시간 정도 등반해 전망대까지 올라가기. 가이드인 오나우두가 돌덩이 같은 내 가방을 들어주었다 해도 경사가 가파른 밀림을 한 시간이나 올라가는 일은 죽을 만큼 힘들었다. 오랫동안 내린 비로 미끄러워진 진흙 바닥과 나무마다 앉아 있는 원숭이 그리고 쉴 새 없이 날아드는 모기들 때문에 비명 한번 못 질러보고 정상에 올라야 했으니까.

그래도 전망대에서 내려다보는 경치는 정말 아름다웠다. 숨 막힐 정도로 푸른 하늘과 멀리 보이는 히우의 상징인 예수상. 등산 좀 했다고 헉헉거리는 사람은 우리들뿐이었고, 전망대 라운지에 모인 많은 사람들이 오랜만의 맑은 날씨를 여유롭게 즐기고 있었다. 이런 더운 날에 타라고 케이블카가 있는 건데. 어제 잠도 안 자고 한껏 달린(?) 킴은 나보다 열 배는 더 힘들어 보였다.

산에서 내려와 점심을 먹으러 산타테레사로 향한다. 산타테레사와 라파를 가로지르는 트램을 꼭 타보고 싶었는데……. 영화 「흑인 오르페」에서 오르페우가 운전하던 바로 그 트램. 아쉽지만 레스토랑에서 식민지 시대의 고불고불한 자갈길과 트램 선로를 보는 것으로 만족할 수밖에 없었다.

내가 탄 오나우두이 차(오래된 겔로퍼!)엔 하버드에서 공부하고 있다는 인도 청년 셋이 동행했는데 그중 한 명은 "김치찌개 사랑해요"를 정확히 발음했고, 다른 한 명은 박지성을 알고 있었다. 그들 셋은 새해맞이 파티를 하려고 코파카바나로 왔다는데, 브라질 스타일로 망가지기 위해 잔뜩 기대하고 온 모양이다.

드디어 코르코바두(Corcovado)에 도착! 그런데 구경하러 올라가는 것도 꽤나 복잡하다. 차는 모두 산 아래 있는 주차장에 대놓고 셔틀버스를 타고 올라가서 다시 에스컬레이터를 타고 올라가는 것. 그 방법 외에는 택시를 타고 가야 한단다. 예수님의 등을 보며 올라가면 마침내 710미터, 히우에서 가장 높은 곳에 도착한다. 이곳의 상징이 되어버린 예수님과 같은 포즈로 사진 찍는 일은 생각보다 어렵다. 사진을 찍는 것보다 사진을 찍으려고 온갖 기이한 자세를 취하고 있는 사람들을 구경하는 게 훨씬 재미있다.

하지만 도착하면 예수상보다 사방에서 한눈에 내려다보이는 히우의 아름다움에 넋을 놓게 된다. 구름이 많은 날이나 비가 오는 날에 오면 도시가 보이질 않는단다. 날씨는 그야말로 완벽함 그 자체다. 전망대를 옮겨 다니며 식물원, 몇 시간 전 올랐던 산, 우리가 머물고 있는 이파네마의 위치를 짐작하고, 보타 포구와 드넓은 호수를 바라보며 모두 감탄했다.

'섬과 산과 바다와 호수와 정글과 숲. 히우는 정말 모든 걸 다 가지고 있는 도시구나' 하는 감탄. 보기만 해도 보사노바 한 자락이 절로 나오는, 옆의 사람들과 사랑에 빠질 법한 그런 아름다운 풍경이다. 이곳에서 별을 보고 아래에 펼쳐진 도시의 불빛을 바라보면 아무리 무뚝뚝한 사람들도 낭만적으로 변할 것 같다. 다음에는, 일찍 와서 해가 지는 것도, 별이 반짝이는 것도 꼭 보고 말 테야.

우리의 가이드 오나우두는 음악을 무척 좋아했다. 그의 갤로퍼엔 카스테레오가 달려 있었는데 잠시 내리는 동안 도둑맞을 것을 염려해 통째로 떼어 들고 다녔다. 도착한 날 공항택시 안에서 차트 음악을 듣고 의기소침했던 터라 삼바 청년 오나우두와 종일 음악 이야기를 하는 건 정말 즐거웠다. 내가 주말에 망게이라를 간 이야기를 하자마자 망게이라의 전설인 카르톨라(Cartola)의 CD를 틀어주었고, 다들 드라이브할 때는 카르톨라의 말랑말랑한 곡들보단 신나는 곡이 좋지 않냐고 말했더니 바로 조지 벤 조(Jorge Ben jor)의 CD로 갈아끼웠다. 그러자 차에 있는 사람들이 모두 흥분 모드로 전환! 한국에서는 잘 안 듣던 음악인데 역시 히우의 기후와 기가 막히게 잘 어울린다.

언제나 그렇다. 그 음악이 태어난 곳에서 들으면 부연 설명이 필요 없을 정도로 녹아들고, 묘한 안정감이 느껴진다. 비틀스의 '애비 로드' 앨범을 런던 애비 로드(Abbey Road)에 가서 듣다가 울 뻔했던 일이 생각난다.

뒷좌석의 하버드 인도 청년들이 조지의 음악 중 한 곡이 좋다며 두어 번 다시 듣길 청했는데 재미있는 건, 마침 그 노래의 제목이 '타지마할(Taj Mahal)'이다. 인도의 향기가 느껴진 걸까? 편곡에 인도 악기가 들어간 것도 아닌데 신기한 일이다. 내가 "이 노래 제목이 타지마할이야"라고 말해주었더니 다들 말도 안 된다며 놀라워했다. 조지의 노래라면 「Mas, Que nada!」를 뽑겠지만 내가 가장 좋아하는 노래는 「Por cause de voce, menina」여서 아는 부분만 골라 신나게 따라 부르며 달렸다.

Pois você passa e não me olha
Mas eu olho pra você
Você não me diz nada
Mas eu digo pra você
Você por mim não chora
Mas eu choro por você
Menina que não sabe quem eu sou
Menina que não conhece o meu amor

네가 나에게 눈길 주지 않아도
나는 너를 바라보고 있어.
네가 나에게 아무 말 하지 않아도
너에게 말을 걸어볼 거야.
넌 날 위해 울지 않겠지만
난 널 위해 울어줄 거야.
내가 누군지 모른다고 해도
내 사랑만은 알아줘.

아름다운 도시와 다정한 친구들 그리고 내가 사랑한 음악의 고향에서 들어보는 노래들. 행복한 감정과 쓸쓸함이 함께 밀려온다. 완벽한 도시에서의 완벽한 하루다. 그리고 하루를 마감하는 끝자리에 꼭 찾아오는 와인 반 병 정도의 외로움과 곧 이별해야 할 이 도시에 대한 아쉬움.

왜 행복과 아쉬움은 따로 오지 않는 걸까. 행복할 때는, 행복하기만 해도 좋을 텐데.

히우의 상징인 예수님이 계시는 코르코바두.
이곳에서 내려다보는 히우의 풍경은 어떤 음악과 단어로도
표현하기 힘들 만큼 아름답다.

이파네마의 일출

수요일마다 라파의 가장 큰 클럽인 '데모크라티카'에서는 '포호(Forro) 파티'가 벌어진다. 밴드 그리고 반드시 남녀 두 명으로 이루어진 보컬, 춤 추는 사람들. 노래 내용은 모두 사랑 이야기다. 오나우두가 히우에 왔으면 꼭 포호를 추고 가야 한단다. 바에서 라임을 썰던 마르코도 자기도 가끔 가서 음악 듣고 온다며 거들었다. "겨우 하루 배워서 출 수 있겠어?"라고 묻는 내게 살사를 출 줄 알면 금방 배운다고 한다. 아침에 산에 오르고 하루 종일 돌아다녀 피곤했지만 사우바도르로 가기 전에 라파에 다시 가보고 싶어 승낙했다.

규모는 크지만 냉방 시설이 잘 안 되어 있는 홀에 사람들이 터져나갈 듯 많았다. 친절한 오나우두는 나와 같이 간 여자들을 모두 데리고 나가 한 명씩 일일이 춤을 가르쳐주고 함께 춤도 춰줬다. 남자들은 이파네마하고 는 비교가 안 될 만큼 싼 맥주 값에 놀라 술 마시느라 정신이 없었고, 나는 악기 연주하는 것을 보고 싶어 사람들 사이를 뚫고 무대 앞으로 갔다가 토 요일 망게이라에서 만나 춤추고 놀았던 사람들을 발견했다. 아니, 사실은 그들이 날 발견하고 다가와서 인사했다. 반가워하며 안 통하는 말로 잠시 안부를 주고받은 다음, 다섯 명의 예쁜 아저씨들 — 모두 게이였다 — 과 돌아가며 춤을 췄다. 야시시한 동작도 섞어가며 즐겼다.

호스텔로 돌아 왔을 때는 새벽 4시 반. 다시 술을 마시거나 담배를 피우며 이야기를 나누었다. 아무도 자러 갈 생각이 없는 눈치다. 해가 뜨면 모두 다른 곳으로 떠나가거나 고향으로 돌아가야 하기 때문인지 모두 좀 더 깨어 있고 싶어했다. 우리는 술병을 챙겨 들고 해변으로 걸어갔다. 해 뜨는 것을 보기 위해. 오직 우리들밖에 없는 해변…… 거친 파도를 자랑하는 이파네마지만 오늘은 웬일로 파도도 잔잔하다.

레드는 해가 뜨는 것이 많이 아쉬운가 보다.
날이 밝으면 다시 일상으로 복귀하기 위해
아일랜드행 비행기를 타야 하니까.

친구와 다시 만나다

  나의 동갑내기 브라질 친구 산드라 리마. 원래의 이름은 바르바라 (Barbara)다. 내가 악기를 배우던 삼바스쿨에 댄스를 가르치러 서울에 온 2006년 여름, 그녀를 처음 만났을 때 솔직히 유럽에서 만났던 브라질 사람들에게 좋은 인상을 받지 못한 터라, 서먹하게 지내지 않을까 걱정했었다. 하지만 내가 만났던 시끄럽고 게을렀던 브라질 사람들과 달리 산드라는 내면이 남다르고 부지런했다.

  삼바 댄서이기 이전에 침술사와 추나, 마사지 등 동양 의학에 관련된 일이 직업이다 보니 부항이나 사혈, 약초에 관심 많은 나와 통하는 데가 많았다. 그리고 내가 만들어주는 요리도 가리지 않고 잘 먹었다. 양파는 가스가 찬다며 다 골라내곤 했지만. 일주일에 두어 번은 에스콜라로 연주하러 가서 만나고, 댄스 수업이 있을 때 다시 만나고, 마침 나와 산드라 둘 다 영등포의 하자 센터에서 댄스와 요리를 각각 가르치고 있던 때라 거의 매일같이 만나면서 정이 들었다. 추석 때는 우리 집에 와서 자고 먹고 엄마와 송편도 빚을 정도로. 다시 브라질로 돌아가는 그녀와 나의 작별 인사는 다름 아닌 "다음 달에 만나~"였다.

  히우에서 사우바도르까지 버스로는 스물여섯 시간이 걸리지만 비행기로는 딱 한 시간이면 충분하다. 그녀는 브라질로 돌아온 뒤, 본격적으로 일해보려고 집의 일부분을 뜯어내 마사지실 공사를 하고 있어 나는 공항에서 '바하(Barra)'에 있는 그녀의 집까지 혼자 찾아갔다. 생각보다 널찍한 집. 기다란 창이 난 거실과 그녀의 이름이기도 한, 바르바라 성녀상과 인도의 시바 그림, 방에는 달마 그림과 일본의 복숭아 소년 그림까지 골고루 붙어 있었다.

약간은 파격적인 누드 사진도 있었는데 그건 산드라의 남편 오스케의 작품들이었다. 카니발 때 연주를 하기 위해 사우바도르에 왔다는 일본인 친구 켄야까지 인사를 나눈 다음 두어 달 동안 머물게 될 방에 들어가 짐을 풀었다. 무겁게 들고 온 책들도 나란히 두고 목욕용품들도 풀어놓고, 부엌에는 내 칼과 도마, 그리고 서울에서부터 가져온 여러 가지 차들도 갖다놓았다. 역시 부엌 살림을 가져다 놓으니 내 집인 양 마음이 편해진다.

히우에서 일주일 동안 삼바와 술 폐인으로 살며 모아둔 빨래를 끝내고, 산드라의 대학교수 생일 파티에 초대를 받아 갔다. 집에서 하는 생일 파

영어를 모르는 아이들에게 포르투갈어를 모르는 내가 손짓 발짓으로
윷놀이를 가르쳐주었다. 과연, 제대로 이해했을까?

티. 산드라 말로는 교수의 부인 알리스가 대단한 요리사라 소개시켜주고 싶었단다.

"서울에서는 네가 날 먹이고, 여기서는 알리스가 나에게 밥을 주지." 그녀의 말.

귀여운 딸 하나 아들 하나, 그리고 한없이 인자한 얼굴의 교수와 우아한 알리스의 모습. 요리는 놀랍게도 프랑스식이었다. 이 날씨에 오븐을 켜고 케이크를 두 개나 만들었다는 것이 놀라웠다. 살구를 졸여 스펀지케이크에 흠뻑 배도록 만들고, 화이트 초콜릿으로 겉을 씌운 케이크도 매우 훌륭했다. 열심히 먹고, 산드라가 한국에서 사 가지고 온 윷으로 게임도 하고, 교수를 위해 한국말로 생일 축하 노래도 불러주었다. 다들 멜로디는 같은데 전혀 다른 말이 나온다며 신기해하는 모습이 재미있었다.

돌아오는 길엔 긴장이 풀린 탓인지 계속 꾸벅꾸벅 졸았다. 크리스마스 기간 내내 밤새 놀고, 오늘 아침에도 공항에서 긴장하고, 이곳까지 오는 동안 택시 운전사와 티격태격하고……. 오랜만에 혼자 잘 수 있는 내 방 침대로 기어들어가며 생각했다. 여행을 하며 이렇게 오랫동안 머물 수 있는 집이 있다는 것, 이렇게 먼 곳에 친구가 있다는 것. 정말 좋구나.

모두모두 흰옷을 입고

"정말 검은 옷밖에 없네."

"색깔이 있어봤자 다크 브라운이랑 네이비지 뭐."

산드라가 검은 옷으로 가득한 내 슈트케이스를 보더니 어이없다는 표정을 짓는다. 두꺼운 몸을 얇아 보이게 하려고 검은 옷을 입는다고 잘라 말하기엔 너무 오랫동안 검은색만 입어왔다. 중학교 때부터 다른 색은 입지도 않았고, 옷을 사면 당연히 검은색을 먼저 고르고, 조금이라도 밝은 색의 옷을 입으면 불안해지기까지 한다. 그런데 산드라의 말이, 오늘만큼은 검은색 옷을 안 입는 것이 좋단다. 새해 전날엔 모두 새 옷을 입고 새해를 맞는다는 것. 그리고 대부분 다시 순수하게 태어난다는 의미로 흰색을 입는단다. 코파카바나 해변가에도 모든 히우 사람들이 흰옷을 입고 모여든다고 했다. 그러고 보니 이파네마의 옷가게 마네킹들도 흰옷을 입고 있었다는 게 생각났다.

"가서 흰옷을 하나 사는 게 어때?"

"꼭 흰색이어야 하냐?"

"뭐 돈 잘 벌고 싶으면 노란 옷 입고, 건강하고 싶으면 녹색을 입는다고 해. 남자친구 만나고 싶으면 분홍색이라니까 한번 가서 둘러봐. 어쨌든 검은 옷은 좀 그렇다."

노랑이나 분홍은 어렸을 때도 안 입었던 색깔들인데. 검은 옷을 입으면 왜 안 되는 건지. 집 근처 쇼핑몰엔 많은 사람들이 새 옷을 사러 나왔다. 사람 많은 백화점도 싫어하는 체질이라 한 바퀴 획 돌아보았는데 내가 사고 싶었던 기장이 긴 흰색 셔츠나 어두운 녹색의 드레스는 보이지 않았다. 잠시 고민하다 남자친구가 생기길 바라는 마음(?)으로 분홍색 팔찌를 샀다. 갑자기 흰옷 입을 용기는 나지 않지만 무언가 기도하는 마음으로 새해를 맞는 일은 좋은 거니까.

이날 밤 파티에 대해 산드라가 설명해주었다. 카니발을 미리 체험한다고 생각하면 된다고. 엄청나게 많은 사람들이 길거리에 서서 음악을 들으며 춤을 추고 술을 마신다고. 돈은 맥주 사 마실 정도로 조금만, 신발 바닥에 넣어서 가고 카메라는 웬만하면 안 가지고 가는 게 낫단다. 한 패거리로 다가오는 사람들이 있으면 자리를 옮기는 것이 좋고, 주머니 있는 옷은

입지 말고 등등. 주의 사항이 한참을 늘어진다.

'에고, 모든 사람이 새로 태어난다는 새해 전야에도 도둑들이 설친단 말이야!'

내가 가지고 있는 가장 얇은 옷에 검은 바지와 분홍색 팔찌를 차고 새해맞이 공연이 열리는 '바하 등대(Farol da Barra)' 앞으로 나갔다. 음악으로만 듣던 '올로둠'이 연주하는 강렬한 삼바 레게(Samba Reggae). 새 옷을 차려입고 모여든 사람들과 섞여 맥주를 마시고 몸을 흔들었다. 이런 이벤트가 있을 때마다 아무리 짧아도 네 시간 정도는 서서 공연을 보고, 그러다 보면 다리가 저린데 여기 사람들은 어떻게 일주일 내내 카니발을 하며놀 수 있는 걸까?

카운트다운을 하기 위해 '가링뇨스 브라운(Carlinhos Brown)'이 올라왔다. 다른 데서 하듯 10부터 카운트다운을 하지 않고, 모두가 숨죽이고 바라보는 바닷가 등대 위로 큰 폭죽이 터지는 것이 새해가 왔음을 알리는 신호다. 불꽃이 연달아 터지는 가운데 모두 "Feliz ano novo!"를 외친다. 술을 뿌리고, 친구들과 포옹한다. 그리고 다시 신나는 음악과 춤. 처음 맞는더운 새해. 그래, 나는 이제 서른셋이다.

어떻게 살아야 할까, 어떻게 마음과 몸과 생각들을 바로잡고 살아야 할까, 무엇을 더 배우고 느껴야 할까. 살던 곳에서 멀리 떨어져 나와도 고민은 여전하다. 하지만 이곳에서는 아니, 지금 새해가 시작된 지금 이 순간만큼은 그저 행복하게 음악을 듣고 춤을 추고 내가 좋아하는 사람만 생각하기로 한다.

삶은 어떤 방향으로 흘러갈지 모른다. 항상 욕심내온 일이든, 혹은 평생기다려온 사랑이든, 운명이 나를 지금 이곳에 데려다 놓았듯이 눈 잘 뜨고

깃대를 잡고 있으면 언젠가는 원하던 곳으로 갈 수 있겠지. 일단 이곳에 온 이유를 생각해보자. 내 마음속에 잠시 꺼져 있는 무엇인가에 불을 붙여 보기 위해서라는 것을, 그 빛과 열기를 기억하며 나머지 시간을 살아갈 수 있을 정도로 환하게 타오르는 불을 붙이기 위해 길을 떠나온 것을 기억해 야지.

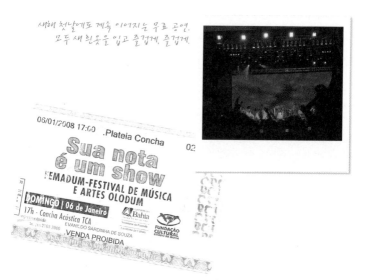

새해 첫날에도 계속 이어지는 무료 공연.
모두 새 힙옷을 입고 즐겁게, 즐겁게.

06/01/2008 17:00 .Plateia Concha 02

Sua nota
é um show
EMADUM-FESTIVAL DE MÚSICA
E ARTES OLODUM

DOMINGO | 06 de Janeiro
17h - Concha Acústica TCA
EVANILDO SARDINHA DE SOUZA

Bahia

FUNDAÇÃO
CULTURAL

VENDA PROIBIDA

보아 비아젬 성당

새해 첫날 오후. '보아 비아젬(Boa Viagem)'이라는 사우바도르 다운타운의 한 성당에서 열리는 새해맞이 파티를 촬영하러 간다는 오스케를 따라나섰다. 정오 미사가 열리는 시간이 가장 볼 것이 많지만, 미사 끝나고도 성당 앞마당에서는 피디가 계속된다고 했다. 산드라는 내가 가톨릭과 바이아의 토속 신앙이 어우러진 모습을 최대한 많이 보고 싶어한다는 것을 잘 알고 있어 얼른 가서 사진 찍고 오라며 등을 떠밀었다.

"카메라와 가방 조심해."

브라질에서 밖에 나갈 때마다 듣는 충고다. 오스케의 빨간 피아트를 타고 어젯밤의 그 광란은 간데없는, 조용하고 깨끗한 길을 달려간다. 창밖으로 보이는 풍경은 며칠 전에 떠나온 히우와는 너무 다른 모습이다. 더 끈끈하고 검고, 원색 가득한 느낌.

그런 낯선 풍경을 지나 사람들로 가득한 바닷가에 도착했다. 바다를 마주 보고 있는 성당과 앞마당에 가득한 사람들. 소원을 비는 손목 리본을 파는 장사치들과 꼬치를 굽고 코코넛에 구멍을 내는 사람들. 성당 앞에서는 파티가 한창이었다. 차 위에 연결해놓은 싸구려 스피커에서는 바이아 지방에서 많이 들을 수 있는 간질간질하고 가벼운 '아호샤(Arrocha)'가 계속해서 흐르고, 사람들은 가만히 앉아 저물어가는 해를 바라보며 술을 마

시고 춤을 춘다. 귀청이 찢어질 듯 큰 음악에도 누구 하나 불평하지 않고 함께 춤을 추며 몸을 흔드는 사람들. 바이아 사람들은 장소와 시간을 가리지 않고 파티를 즐긴다.

이곳 보아 비아젬은 배가 들어오는 곳이다. "Bon voyage, 잘 다녀오세요!" 사람과 바다가 항상 연결되어 있는 이곳 사우바도르에서는 무엇보다 바다와 가까워지고 또 숭배하는 일이 중요하다. 자신들을 해치지 않고 받아주길 바라는 기원의 마음으로 가득한 이곳 사람들은 당연히 새해 첫날 파티를 바다와 면해 있는 성당에서 열며 한 해의 안전과 풍어를 기원한다. 우리나라의 풍어제와 비슷하다고나 할까?

사람들이 모여 기도하고 음악과 술과 음식을 앞에 놓고 모두 즐겁게 한바탕 논다. 굿판이 벌어지는 곳에서만큼은 누구랄 것 없이 섞여 노는 모습도 정말 많이 닮았다. 좀 더 일찍 왔더라면 성당에서 벌어지는 행사들도 찍을 수 있었을 텐데. 아쉽다.

보기만 해도 간절히 기도하게 되는 넓은 바다.
그 바다에 기도하는 것으로 이곳 사람들은
한 해를 시작한다.

맥주를 마시던 오스케가 조심스럽게 주위를 둘러보며 전문가용 카메라 핫셀 브라드를 꺼낸다. 내가 카메라를 알아봐주자 무척 기뻐한다. 나도 내 펜탁스를 꺼내 바닷가 파티의 모습을 담는다.

아까부터 나를 계속 쳐다보고 있는 꼬치구이 상인, 드럼통을 뚝딱거려 만든 악기로 연주하고 있는 아이들, 서서히 해가 넘어가는 바닷가에서 축구하는 아이들과 바다 속에서 키스를 나누는 연인들, 술 마시고 춤추는 아저씨와 아줌마들. 어찌 보면 난장판 같은 모습이지만 너무나도 즐거워하는 얼굴들이 마치 원색의 회화처럼 프레임 안에 펼쳐진다.

하지만 아무리 담아보려 애쓴다 해도 어떻게 그 여유를, 그 진한 숯불 냄새를, 전체적으로 흐르고 있는 소망과 바람 그리고 여유와 음악을, 또 그 노골적인 풍경들을 찍어낼 수 있을까?

머뭇거리며 몇 장 찍고, 딱 기분 좋게 시원한 바닷바람에 몸을 맡긴 채 큰 숨을 쉬어본다. 지금 이 순간의 행복과 온갖 향기와 분위기를 내 몸의 세포 하나하나에 스며들게 하기 위해서다. 이상하리만치 낯설지 않은 풍경이다. 보기만 해도 간절히 기도하게 되는 넓고 넓은 바다. 그리고 그 위로 부서지는 믿을 수 없을 만큼 반짝이는 햇살. 시간이 멈춘 듯한 이곳, 고요할 때 꼭 한 번 다시 오고 싶다.

낡은 사창가에서
전생의 기억을 만나다

차에서 내리는 순간, 너무나 익숙한 풍경에 잠시 숨이 멎었다. 쓰러질 듯 낡은 건물들과 그곳에 아직도 살고 있는 사람들. 이곳의 색채며 떠도는 향기들이, 반은 죽은 듯하고 반은 아주 천천히 생기가 도는 이곳이, 나는 왜 하나도 낯설지 않은 것일까. 왜 이곳의 풍경이 이리도 넞익은 섯일까. 과연 어떤 운명이 새해 첫날부터 날 이곳으로 끌고 온 걸까?

분홍색으로 칠한 건물 안으로 조심조심 들어가본다. 아주 오래된 집의 꿉꿉한 냄새와 그 위로 한두 겹 더 얹힌 세제와 싸구려 향수 냄새, 바닥에 쏟아진 맥주 냄새. 직감적으로 며칠 전 오스케가 컴퓨터로 보여준 작업들을 떠올렸다. 사창가의 여인들을 누드로 찍은 사진들이었다. 그가 아주 오래전부터 해온 작업이라고 했다.

잠시 기다리라며 2층으로 올라갔던 오스케가 내려와 입구에 앉아 있던 흰옷 차림의 덩치 좋은 중년 부인을 소개했다. 양 볼에 입을 맞추고, 서툰 포르투갈어로 새해 인사를 나눈다. 그녀의 느긋함, 사람들을 몸으로, 마음으로 겪어보지 않고는 도저히 나올 수 없는 말과 나긋나긋한 손짓. 모든 것이 익숙하게 느껴진다.

자리를 잡고 앉으니 오스케가 자연스럽게 맥주병을 꺼내왔다. 낡았지만 팝송부터 삼바까지 골고루 음악이 들어 있는 뮤직 박스와 숨을 멈춘 지 오래된 괘종시계. 방으로 들어가는 입구의 액자에는 '성모님, 이 집과 식구들을 보호하소서!'라는 글귀, 그 옆에 매달려 있는 아주 낡은 조화 장미 몇 송이……. 다름 아닌 오래된 창녀의 집이었다.

"여기서 내 작품들을 찍었어."

"알고 있었어요."

"어떻게?"

"그냥 본능적으로 알았어요."

그나저나 집에 있는 친구는 내가 이곳에 온 것을 좋아할 리 없을 텐데. 첫눈에 내가 느낀 이상한 익숙함과 마음 편한 감정 같은 것은 털어놓지 않고, 그저 술을 마시며 이야기를 들었다. 이 낡은 곳도 펠로리뇨(Pelourinho)가 그렇듯 정부 시책으로 몇 년 안에 문을 닫게 될 거라고 했다. 사창가가 없어지는 것에 대해 뭐라 말할 수는 없지만 무언가 아름답고 오래된 건물이 사라진다는 게 마음 아팠다. 묵묵히 맥주를 마시고 있는데 흰옷을 입은 여인— 아마도 포주겠지— 이 내게 묻는다.

"아들이 있어요?"

"아직 결혼도 안 했는데요."

"한국은 결혼하기 어렵나요? 이곳 남자들처럼 결혼하기 싫어하나요?"

일 때문에, 그리고 잊지 못하는 사람 때문에 아직 못했다고 설명하기엔 내 포르투갈어가 너무 짧다. 웃음으로 얼버무리고 있는데 그녀의 손녀 클라라가 아장아장 걸어 들어온다. 한 살 반이라는 클라라는 낯도 안 가리는 아주 순한 아이다. 냉큼 내 무릎에 앉아 머리도 잡아당기고, 손장난도 치고, 내 윙크를 보고 웃기까지 한다. 흰옷 입은 포주가 다시 내게 묻는다.

"저애를 한국으로 데려갈 수 없나요?"

"하하! 진심이세요? 엄마도 있는데, 왜 제가……."

"엄마가 있긴 하지만, 여기서 사는 것보다는 행복하지 않을까요?"

그녀의 집에서 방을 빌리면 5레알, 여자와 섹스를 하면 20레알, 그러니까 12달러 정도이다. 어느 나라나 왜 이렇게 여자들의 값이 낮은 걸까. 그렇게 힘들게 번 돈도 여자들은 고단함을 이유로 그날그날 술을 마셔 써버리는 듯했다.

오스케가 여기 와서 매일같이 술잔을 기울이는 이유는 마음이 편해서라고 했다. 여자를 만나기 위해 수많은 말을 던지고, 하룻밤을 보내기 위해 이리저리 재면서 앞뒤 맞추는 단계를 지켜워할 만한 사람도 아닌 그가, 집이 아닌 이곳이 편안하다는 이유가 뭘까. 가끔 어려운 일이 생기면 이곳으로 와 술을 마시며 의논한다는 그다. 오래된 유곽의 포주에게 들을 수 있는 충고는 과연 어떤 것인지 약간 궁금해진다.

왜 낯설지 않은 걸까.
왜 이곳의 풍경이 이리도 낯익은 걸까.

우리 둘뿐인, 손님 없는 가게에서 발을 길게 뻗고 여유로운 표정으로 이런저런 이야기를 나누고 있는 그녀를 보자 불현듯, 어쩌면 나의 전생이 이곳과 연결되어 있었을지도 모른다는 생각이 들었다. 어디선가 장난처럼 본 점괘에 내가 전생에 브라질 사람이었고, 너무 많은 사랑을 받기만 했다는 이야기를 들은 적이 있었다. 그땐 그냥 웃고 말았던 그 이야기가 이곳에서 또렷이 생각나다니. 그렇게 사랑받았기 때문에 지금 생에선 받는 것 없이 더 많이 베풀고 더 사랑해야 한다고 했었다. 그리고 언젠가 브라질에 가서 그 인연을 만나보고 와야 한다고도 했었지.

이곳에 온 지 일주일도 채 되지 않았는데 가슴이 두근두근하고 이상한 기분이 든다. 다 떨어져가는 낡은 벽을 가진 건물을 보고 있으니 나도 모르게 서절로 차분한 숨이 니오고, 문가에 앉아 있는 포주의 모습을 보자

나의 전생의 모습 그리고 엄마 같은 존재가 떠올랐다. 편하지만 고단하고, 익숙하지만 벗어나고 싶은 이곳의 공기도.

순간적으로 소비되는 감정과 육체를 소모하는 곳. 하지만 날아가버렸다고 생각한 그 모든 것은 한군데에 고여 다시 태어나고 죽기를 반복한다. 그리고 이전에 맺은 인연은 다시 풀어야 또다시 맺어지고, 이루고자 하는 것은 반드시 값을 치러야 한다는 것. 간단하지만 지루하고 반복적인 정석. 그게 인간의 한 생에서만 규칙적으로 반복되는 것이라면 얼마나 좋을까? 겹겹이 싸인 인생의 장엄함이란 함부로 글과 이야기와 농담으로 끼적거리기조차 두려운 두께다.

신은 분명 우리 인생에 신호를 보낸다. 가끔 우리는 너무나 힘든 일상과 현실 속에 잠겨 그 신호를 눈치 채지 못한 채 신을 원망하고 많은 것을 바라기만 한다. 하지만 공짜는 없는 법. 어떤 식으로든 값을 지불해야 작건 크건 열매를 얻는다. 그리고 값을 혹독하게 치러야 그것이 얼마나 소중한

내가 이전에 머물렀던 곳에 한 생을 지나
다시 돌아온 듯 모든 것이 익숙하다.

것인지 알게 된다. 또한 그것을 지켜나가기 위해 큰 고통을 당하더라도 견뎌낼 수 있음을 알게 된다. 받지 않고 주기만 하고도 행복한 그 감사함을.

숱한 날들을 함께 보낸, 이젠 이름과 목소리와 손짓도 기억나지 않는 수많은 사람들. 그중에 잊고 싶지 않은, 단 한 사람. 난 정말 이전에 머물렀던 곳에 한 생을 지나 다시 돌아온 걸까?

30년 남짓한 세월을 어떤 식으로 값을 치렀는지, 그로 인해 어떠한 선물을 받았는지 생각해본다. 그리고 지금 내가 어떤 일을 하고, 어떤 사랑을 하든, 아마 그것은 전생의 내가 바로 이 낡고 오래된 골목에서 간절히 열망하던 것이었을 거라고 깨닫는다.

어떤 시련이 와도 한 사람을 사랑하고 그 사랑을 간직하는 것. 사랑하는 일 자체로 한없이 행복해지는 것. 그리고 세상 누구보다 자유로운 사람이 되는 것.

가난한 사람들의 꿈이 묻힌 곳,
펠로리뇨

12월 30일 저녁, 산드라와 함께 시내 중심가인 펠로리뇨에 나갔지만 일요일 저녁의 길거리에는 사람도 드물고, 길거리에서 삼바를 연주하던 그룹들도 마지막 곡을 연주하거나, 짐을 싸는 분위기여서 일찍 돌아왔다.

새해를 맞이하는 파티로 들뜬 며칠을 보내고 오늘은 처음으로, 혼자 시내 중심가로 버스를 타고 나간다. 바하에서 '플라사 다 세(Praça da Sé)'라고 쓰여 있는 버스를 타고 종점에서 내리면 된다. 아니면 민예품 시장인 '메르카두 모델루(Mercado Modelo)' 옆길에 내려 다운타운과 업타운을 연결해주는 사우바도르의 특이한 교통수단 '엘레바도르 라세르다(Elevador Lacerda)'를 타고 올라간다. 올라오면 광장으로 바로 나오게 되어 있어 편리하다.

엘리베이터 옆 난간에는 오후가 되면 바다로 넘어가는 석양을 보기 위해 언제나 많은 사람들이 모여든다. 엘리베이터를 타고 내려가면 '시다지 바이샤(Cidade Baixa)'라 불리는 다운타운과 바닷가를 보게 된다. 업타운, 다운타운이란 건 말 그대로 위치상 위아래를 뜻할 뿐이다.

펠로리뇨는 원래 슬럼가였고, 가난한 사람들과 범죄자들이 모여 사는 게토였다. 하지만 사우바도르를 관광지로 키우려는 움직임이 생기면서 식민지 시대의 파스텔톤 건물들과 아름다운 광장, 교회가 있는 사우바도르의 상징 같은 중심부로 변했다. 그때 그 지역에서 살던 사람들은 아주 적은 돈을 받거나, 아무것도 못 받고 쫓겨났다고 한다. 힘없는 이들의 희생…… 지구촌 어디서나 계속 일어나는 비슷한 일들.

　다소 복잡한 펠로리뇨의 골목마다 아직도 가난한 이들이 살고 있고, 빈민가로 빠지는 길과, 관광객들과 차들이 지나다니는 곳이 묘하고 복잡하게 얽혀 있다. 하지만 펠로리뇨를 처음 만나는 이들에게는 그저 매력적인 곳일 게 분명하다.

　브라질의 가장 오래된 도시답게 포르투갈 식민지 시절에 세워졌을 오래된 원색의 건물들. 울퉁불퉁한 돌바닥, 그리고 길거리에 서 있는 전통 복장을 한 나이 든 바이아의 여인들을 가리키는 '바이아나(Baiana)' 들. 성당과 오래된 건물이 있는 곳에 카메라를 들이대면 이곳이 포르투갈인지 유럽이 지배했던 많은 식민지 중 한 곳인지 도저히 구분할 수 없을 정도다. 펠로리뇨라는 이름도 노예에게 태형을 가할 때 쓰는 채찍이었다고.

하루가 멀다 하고 공연이 열리고 사람들이 모여드는 광장은 노예들이 묶여 벌 받았던 곳이라는 사실을 말해주지 않으면 그저 오래된, 낭만적인 도시의 한 풍경으로 보일 뿐이다. 관광객들을 위한 장소로 변한 옛날 도시란 쓸쓸하지만 늘 만나는 익숙한 풍경이다.

참! '삼바 지 호다(Samba de roda)'나 전통적인 '오리샤(Orixa)' 댄스를 배우려고 찾아간 댄스 학원에서 '카니발이 지나고 나서야 수업이 생긴다'는 말을 듣고 낙담했다. 어느 정도 예상은 했지만 카니발이 아직 한 달 정도나 남았는데 수업이 아예 없을 줄은 몰랐다.

길거리에 서 있는 바이아나에게 카메라를 들이대거나, 한창 대련에 열중하고 있는 카포에이라 그룹들에게 카메라를 들이댈 때는 항상 주의해야 한다. 왜냐하면 공짜로 찍을 수 없기 때문이다. 어딘가에서 벼락같이 돈을 걷는 사람이 나타나니까 말이다. 멀리서 찍었음에도 귀신같이 달려와 돈을 내라는 바이아나에게 10레알을 주고— 뺏겼다는 표현이 더 정확할

바다와 잠시 여행을 마치고 돌아온 배들,
그리고 수평선으로 넘어가는 해. 늘 편안하면서도 쓸쓸한 풍경

듯— 추가로 사진을 더 찍었다. 어찌나 장삿속이 철저한지 10레알당 세 장으로 제한할 정도다.

사진을 찍고 나서 이파네마의 히피마켓에서도 먹을 기회가 있었지만 꾹 참고 기다린, 이곳의 가장 유명한 스트리트 푸드 '아카라제(Acaraje)'를 먹으러 간다. 쥐눈이콩보다 좀 더 작은 콩의 껍질을 벗긴 뒤 마늘과 양파를 넣고 갈아 반죽을 둥글게 튀긴 다음, 그 사이에 이것저것 넣어 먹는 음식. 튀기는 기름은 반드시 바이아에서 나는 '덴데(Dendê)' 오일이어야 한다.

기본적으로는 캐슈넛과 토마토와 오이, 고수를 섞은 살사소스, 작은 새우 말린 것과 핫 소스를 얹어주는데 위에 얹어주는 큰 새우는 따로 가격을 매긴다. 그런데 갑자기 거지 한 명과 어린아이 한 명이 나타나 돈을 주든가 아카라제를 사달라고 한다. 싫다고 거절하고 광장에 나와 맥주를 사 마시는 중간중간에도 구걸하는 사람들은 계속 나타났다. 한 주정뱅이 노인은 내가 방금 딴 맥주 캔을 들고 흔들어보더니 쏜살같이 들고 사라져버렸다. 쫓겨났지만 갈 곳이 없어 여전히 이곳에서 구걸하는 사람들. 여행자에게는 고통이지만 이 사람들에게는 생활이다. 어쩔 수 없이…… 씁쓸하지만 피해가는 수밖에.

바이아 음식은 맛있지만 먹을 때 주의해야 한다. 반드시 천천히 먹어야
한다. 농축된 녹말을 사용하는 음식들이 많아 생각 없이 먹다 보면 배가
불러 고생한다. 적은 양을 먹고도 포만감이 장난이 아니므로 좋다고 해야
할지, 위험하다고 해야 할지.

천천히 식사를 마치고 노을을 보기 위해 엘리베이터 옆으로 이동했다.
자리 좋은 곳은 역시나 카페들이 소유하고 있다. 자리를 잡고 다이어리를
꺼내 이것저것 적어본다. 그리고 바다 위에 조용히 정박해 있는 배와 시
장, 쓸쓸한 풍경들을 찍는다. 여행을 하다 잠시 멈춘, 나처럼 서 있는 배와
잔잔한 항구.

앞으로도 많은 날들이 남아 있다. 잠시 머무른다는 편안함과 동시에 새
로운 곳을 계속 가야 한다는 불안감 약간, 그리고 좋은 것을 볼 때마다 느
끼는 어쩔 수 없는 그리움과 외로움이 있어서…… 참 행복하다.

화려한 원색의 건물들과 흥겨운 삼바 리듬이 왠지 서글프게 느껴지는 건,
아름다움 뒤에 숨어 있는 아픈 역사와 여전히 이 거리에 가득한 가난한 사람들 때문이겠지.

브라질에서
포르투갈어 배우기

지난 1월 9일, 한국을 떠나오기 전부터 등록해두었던 포르투갈어 수업이 시작되는 날. 산드라가 직접 가서 등록해준 어학원으로, '바이아 연방 대학교' 안에 있는 외국인을 위한 포르투갈어 코스다. 이곳은 바이아에서도 유명한 대학인데 학비가 모두 무료란다. 단, 공부를 아주 잘하는, 그리고 계속 좋은 성적을 보여줄 각오가 되어 있는 학생들만 지원할 수 있다. 외국인 어학교의 경우에는 당연히 수업료를 내야 한다. 일주일에 세 번, 오전 8시 반부터 12시까지 진행되는 수업. 산드라가 가지고 있는 초급 어학 교재와 간단한 회화 교재들을 챙겨보긴 했지만 뭐가 뭔지도 잘 모르는 상태다. 그러나 뭔가 새로운 것을 배우고, 사람들을 만난다는 것은 늘 배가 간질간질하게 긴장되는 일이다.

집이 있는 바하에서 학교가 있는 '온지나(Ondina)'까지는 50분 정도 걸어야 하는데 힘은 들어도 바닷가를 따라 걷는 길이 경치가 아주 좋다. 아침부터 기온은 35도를 훌쩍 넘어가지만 더위에 익숙해졌는지, 그다지 덥다는 생각이 들지 않는 기분 좋은 운동 코스다.

나중에 바하부터 걸어온다고 하니 사람들이 더운 것보다 위험한 게 더 문제라고 난리였다. 특히 학교 안에 들어가 어학원까지 이어지는, 숲이 있고 오솔길처럼 나 있는 길에는 도둑들이 엄청 많다고 한다. 학교 안 대로

변에서 도둑이 나타난다는 게 도무지 이해되질 않았지만 늘 그 길 초입에 들어서면 교수님과 학생들 할 것 없이 빵빵거리며 날 차에 태우고 어학원 문 앞까지 데려다 줬다. 혼자 길을 걷다가는 큰일 난다면서.

도착해서 잠깐 앉아 있는데 레벨 테스트를 해야 한단다. 확 집에 가버릴까 생각하는 순간 내 담임 선생이 나타났다. 이름은 스테판. 머리는 훌랑 까졌는데 얼굴은 동안이다. 누가 봐도 어학원 선생처럼 생겼다. 지금은 포르투갈어를 잘 모를 테니 영어로 하자며 레벨 테스트와 수업 과정에 대해 잠시 이야기한다.

"포르투갈어를 배워본 일 있어요?"

"노래는 엄청나게 많이 들었는데 인사말 정도는 하고 알파벳 알고, 그다음은 모르는데요."

"그럼 레벨 테스트를 해야 하는데요?"

"전 레벨이 없는데요."

레벨이 아예 없다는 나의 대답에 다들 웃다가, 그럼 테스트는 생략하고 수업을 들어본 뒤 따라갈 수 있는지 없는지를 정하기로 한다. 그렇게 외국인 학생들을 위한 클래스가 시작됐다.

함께 의사소통을 하려면 어쩔 수 없이 포르투갈어를 사용할 수밖에 없을 정도로 다양한 나라에서 온 학생들이 모였다. 한국, 독일, 스위스, 동티모르, 프랑스, 미국, 멕시코 그리고 영국. 물론, 수업 시간 중에 영어와 모국어 사용은 금지. 포르투갈어를 못하는 사람들끼리 모여 포르투갈어를 배우는 수업은 그야말로 아수라장이었다. 알고 보니 스테판은 적어도 5개 국어 이상은 말할 줄 아는 대단한 사람이었다.

어학원 친구들도 모두 동의했지만 그는 천부적인 어학 선생이었다. 많은 사람들을 가르치면서도 학생 한 명 한 명마다 무엇이 필요하며 어떤 부분에서 자주 헷갈리는지를 본능적으로 파악하고 챙겨주는 능력은 정말 존경스러웠다. 학생들 모두 선생을 믿으니 수업 분위기는 무척 좋았다.

말만 할 줄 안다고 언어를 아는 것이 아니라며, 문법과 쓰기 공부도 같이 진행하는 스테판의 방식 때문에 꽤나 빡빡한 수업이 진행되었다. 남성·여성으로 나뉘는 명사들에, 아주 자주 쓰이는 '말하다, 가다, 보다, 잠자다' 같은 동사는 몽땅 불규칙이라 외워야 하고, 거기에다 언제나 어김없이 작문 숙제까지 내준다.

나는 평소 노래를 중얼중얼했기 때문에 발음만 그럴싸했고 다른 것은 백지상태였다. 말 배우기를 좋아하는 터라, 수업 자체가 고통스럽진 않았

지만 언제쯤 수업을 웬만큼이라도 이해할 수 있을까 생각하니, 한숨이 절로 나왔다.

그래도 이렇게 멀리 떨어진 곳에서 사람들과, 문화와 더 소통하기 위해 그 수단을 배운다는 것은 즐거운 일이다. 삼바는 명사뿐 아니라 '삼바하다(Sambar)'라는 동사도 있다는 사실을 알았을 땐 어찌나 감격스럽던지. 오랜만에 학생으로 돌아간, 썩 행복한 기분이라니.

밤이면 밤마다
브라질 사람들처럼 놀기!

산드라의 말로는 크리스마스 때부터 카니발이 끝날 때까지 사우바도르는 쉬지 않고 공연과 퍼포먼스가 이어진다고 했다. 카니발을 전후로 바이아 출신의 유명한 뮤지션들이 모여 고향 사람들을 위해 공연을 한다고. 거의 매일같이 열리는 파티와 행사에 참석하려면 체력 조절 잘해가면서 놀아야 한단다. 내가 원하기만 한다면 매일, 부지런하면 두세 개의 공연도 볼 수 있다. 단, 산드라의 말대로 공연을 보는 데 체력이 필요하다는 것은 알아두어야 한다.

지역 신문에 매일 정보가 나온다지만 아무리 들여다봐도 늘 들어오던 히우의 삼바 아티스트들이 아닌 낯선 이름만 가득하고, 또 아직 사우바도르의 지리도 잘 모르기 때문에 망설이고만 있었다. 그런데 어느 날 켄야가 '올로둠'을 알면 함께 공연을 보러 가지 않겠냐며 초대했다.

그의 방에는 일본에서부터 알고 지냈던 상파울루 출신 아가씨 마리나가 머물고 있는 데다, 매일 밤마다 함께 공연을 보러 나가는 터라 데이트의 연속인 줄 알았는데 알고 보니 둘은 아무 사이도 아니었다. 사실 사귈 뻔하다가 어긋났는데, 카니발 전까지 어쨌든 머물기로 했으니 그냥 지낸다고 한다. 둘이 나가기 어색해서 나를 초대한 것 같았다. 하지만 오랫동안 악기를 연주해오고 사우바도르를 여러 번 방문한 켄야랑 같이 다니는

음악, 춤, 넘치는 공연들. 카니발이 오려면 한 달이나 남았는데
이곳의 분위기만큼은 벌써 카니발이다.

것은 나로서는 그야말로 행운이었다. 나쁜 점이라면 둘 사이에 끼여 난처할 때가 종종 있다는 것. 둘은 공연을 보다가도 싸우는 통에 공연장 양쪽으로 갈라져 공연을 보곤 했다. 나는 별수 없이 가운데 끼여 혼자 미친 듯이 춤추고 놀 수밖에. 어쨌든 싸우는 남녀 사이에 끼는 건 서울에서나 브라질에서나 난감한 일이다.

끊임없이 이어지는 공연들⋯⋯ 카니발의 여왕을 뽑는 행사에 가서는 아홉 시간 동안 밤새 서서 공연을 보기도 했다. 솔직히 다리 아픈 것보다 참기 힘들었던 것은 보수적인 흑인들의 행사에서 얼굴 노란 여자아이는 그다지 환영받지 못한다는 사실이었다. 여러 번 몸이 밀치는 일을 당했지만 어쨌든 그것도 그들 문화의 일부분이니까, 구경꾼이 이해해야 할 부분이라 생각하며 참았다.

가장 극한의 체력 테스트를 한 공연은 왕복 세 시간 거리를 버스 타고 가서 일곱 시간 동안 서 있었던 '사우바도르 여름 페스티벌'이었다. 좋아하는 아티스트가 나오는 날을 골라 다른 공연보다 월등히 비싼 표를 사서 갔지만 내가 보고 싶어했던 밴드 '오 하파(O Rappa)'는 갑자기 출연을 취소했고, 나머지는 다 시끄럽고 대중적인 악쉐 밴드들이었다. 흥분해서 날뛰는 군중들 사이에 버티고 서 있기도 힘들었다. 그렇게 밤을 새고 아침 일찍 미역처럼 늘어져 돌아올 때마다 이제 이렇게 힘들게 공연 보는 건 그만둬야지 다짐하지만 언제 그랬냐는 듯 밤이면 또 뛰쳐나가니, 바이아 사람처럼 노는 패턴은 꽤 중독성이 강하다.

이 모든 공연들이 카니발을 앞두고 이어지는데 이때 끊임없이 불리는 바이아 지역의 흑인 문화와 악쉐, 칸돔블레(Candomblé)를 다루는 내용의 유명한 대표곡들과 익숙한 리듬들을 반복해서 매일 듣다 보니, 내가 마치

카니발 예행연습을 하는 듯한 기분이 들었다. 더구나 운동도 매일같이 하면 체력이 붙어 더 오랜 시간 할 수 있듯이, 처음 공연을 본 다음 날 걸어다니지도 못했던 내가 이젠 다섯 시간 정도는 서서 방방 뛰고 춤추며 뛰어다닐 수 있게 되었다.

바이아에서 공연 보러 나갈 때는 웬만하면 카메라는 그냥 집에 두고, 샌들은 발이 밟힐 수 있으므로 절대 금물! 역시 운동화가 최고다. 그리고 춤과 음악의 열기를 식혀주는 방법은 뭐니 뭐니 해도 아이스박스를 들고 이리저리 다니면서 음료수를 파는 사람들에게 사 마시는 차가운 맥주. 이때 꼭 서너 명에게 가격을 비교해보고 사는 게 중요하다. 가격 차가 은근히 많이 나니 말이다.

공연을 보며 사진 찍는 나에게 자신들도 찍어달라며 포즈를 잡는 사람들, 음악에 열광하며 밤새 춤추는 사람들, 음악이 곧 생활이고 인생의 가장 큰 즐거움인 이른바 '노는 데 목숨 건' 바이아 사람들과 함께 어울려 노는 것……. 내가 차가운 타일 바닥의 키친에서 혼자 음악을 듣고, 혼자 리듬에 맞춰 몸을 흔들면서 계속 꿈꾸었던 일이다. 재즈 공연을 보며 신나게 춤추고 아티스트들의 호연에 약간의 반응을 보내기만 해도 튀는 행동이나 오버하는 것으로 여기고 흥을 보는 우리나라와는 천지 차이다.

음악을 들으며 꾹꾹 눌러왔던 것을 발산하면서 내 속에 고여 있는 눅눅한 기운을 없애고, 내가 아닌 것처럼 이런저런 생각 없이 음악에 몸을 완전히 실어보는 것. 이곳에서 정말 원 없이 해보고 있다. 춤을 추면서 마치 미친년처럼 널을 뛰어도 눈살 찌푸리는 사람이 없다. 그래! 기왕에 놀 거라면 이 정도는 놀아야지. 그래서인지 어느 날 공연장에서 몇몇 사람들이 미친 듯이 날뛰고 있는 나를 보며 같이 온 켄야에게 물어봤다는 말이 가장 기분 좋게 기억에 남는다.

"저 여자, 사실은 브라질 사람이지?"

춤추는 남자, 디미트리

디미트리(Dimitri)는 산드라의 친구다. 카리브 해의 마르티니크 출신인 그는 인터넷을 통해 침과 요가에 관한 정보를 교환하다가 산드라와 친구가 되었단다. 산드라가 돌아오기 몇 달 전, 바하로 와서 포르투갈어와 카포에이라를 공부하며 산드라가 돌아오길 기다렸다고 한다. 내가 마르티니크라는 나라를 알고 있다는 사실 하나만으로 우린 금세 친구가 되었다. 산드라 말로는 디미트리가 만난 사람들 중에서 자신의 고향에 대해 알고 있던 사람은 내가 처음이란다.

그는 무척 순수하다. 순수한 남자들이 그렇듯, 그는 어리광 부리는 걸 좋아하고, 아기 같은 면이 많아서 가끔은 짜증나고 답답하기도 하지만 장난스럽게 눈을 찡그리며 웃는 모습을 보면 그런 마음은 이내 사라지고, 똑같이 장난치고 싶은 마음이 든다. 이야기를 하다가 안 통하면 나는 그를 걷어차는 시늉을 하고, 그는 뒤로 잽싸게 도망쳐서 나에게 헤드록을 건다. 이성으로 느껴지기보다 동성 친구처럼 서로를 대하고 있는 셈이다.

그렇게 아이처럼 꽥꽥대며 놀다가도 언제 그랬냐는 듯 산드라와 나란히 가부좌를 틀고 앉아 명상에 들어가는, 별나고 단순하고 착한 청년. 그는 집중하기 쉽게 벽에 점을 찍어두고 어떤 문장을 외운다고 하는데 그것은 '남묘효랭개교'. 사실 산드라는 온전히 명상만 할 수 있으면 '옴마니 밧메

훔'이나 '나무아미타불' 같은 문장을 외우는 것도 괜찮다는 주의여서 둘
은 수시로 벽을 바라보고 자기들이 좋아하는 만트라를 외워댄다. 그 모습
이 조금 정신없기도 하고, 때로 난감하기도 하지만 꽤 재미있다.

매일 밤 계속되는 공연 관람에 지쳐 마리나와 함께 하루 쉬기로 한 날,
디미트리가 놀러 오는 바람에 같이 밥을 해 먹고, 내 노트북에 있는 삼바
와 살사를 들었다. 음악을 들으며 서로 출 줄 아는 춤에 대해 이야기하다
가 갑자기 춤판이 시작되었다.

산드라에게 디미트리가 춤을 정말 잘 춘다는 이야기를 들었던 우리는
마르티니크의 전통 댄스를 보여달라고 졸랐고, 한번 추면 멈출 수 없다며
빼던 그는 갑자기 웃통을 벗더니 쉬지 않고 한 시간이 넘게 마르티니크의
전통 댄스를 췄다. 지극히 동물적인, 마치 전투하는 모습을 보여주는 듯한
춤. 혼자 추는 것으로도 충분히 깜짝 놀랄 만큼 아름다운 춤이었다.

나는 그동안 남들보다 춤을 많이 추며 살았고, 무용 공연도 많이 보러
다녔다고 생각했는데 한 번도 본 적 없는, 말 그대로 정형화되지 않은 생

한 번도 본 적이 없는,
생생한 날것의 아름다움을 가지고 있는 디미트리의 춤.

생한 날것의 아름다움을 디미트리는 가지고 있었다. 사실 그랬다. 내가 지금까지 춤추는 남자의 몸을 정말 아름답다고 내심 감탄하며 바라본 적이 있었던가? 멋지다, 섹시하다라는 말로는 모자란 기(氣)가 그에게선 넘쳐흐르고 있었다. 손을 뻗어 만지면 느껴질 듯한 생생한 꿈틀거림, 혹은 음악과 사람과 주변의 공기들까지 모두 빨아버릴 듯 아주 강렬한 느낌.

디미트리에게 왜 댄서가 안 되고 침술사가 되었느냐고 물어봤다. 그가 답하기를, 댄서로 인생을 보내는 것은 너무 동적이라서 그랬단다. 자신은 차분히 가라앉는 삶이 필요한데 춤은 너무나 동적이기 때문에 가끔 추는 것은 좋지만 직업으로 삼고 싶지는 않다고.

나도 그처럼 춤을 사랑하고 내키는 대로 추는 것을 좋아하지만, 과연 나의 춤이 ㄱ의 춤처럼 티인을 한눈에 사로잡을 만큼 매력 있는 것인지 문득 궁금해졌다. 그리고 동시에 그가 몹시 부럽다는 생각이 들었다. 이전에 내가 알던 디미트리와 춤을 추는 디미트리가 왠지 완전히 다른 사람처럼 느껴질 정도였다.

앞으로 그를 오랜 시간 동안 기억한다면 그의 나라나 직업이 아니라, 춤추며 훨훨 날던 모습으로만 기억할 듯싶다. 철딱서니 없는, 순수한, 춤추는 디미트리. 언제 춤추는 너를, 또다시 볼 수 있을까?

제대로 쉬는 법을 배우다

난생처음 비키니를 샀다. 그것도 검은색이 아닌 밝은 터키색으로. 이파네마에서 검은색 원피스 수영복을 샀지만 바하에서는 다시 비키니를 사야 했다. 이유는 단 하나, 바닷가를 다 뒤져봐도 원피스 수영복을 입는 사람은 60세가 넘은 할머니들뿐이었다. 나보다 더 비키니를 입어서는 안 될 몸매의 여인들도 자기 사이즈보다 더 작은 비키니를 사서 위험한 부분만 간신히 가린다. 아니, 가린다는 말을 붙이기조차 힘들 정도로 작은 천조각에 몸을 쑤셔 넣고 선탠을 즐기거나 수영을 하고 심지어 위험하게(?) 뛰어다닌다. 브라질에서는 너무 흔한, 너무 얇은 끈으로 이어 붙였다는 일명 치실 비키니를 입고 말이다. 그래서 다 밀어버리는(?) 브라질리언 왁싱이 필요하다는 걸 깨달았다.

며칠 내내 그런 모습을 끊임없이 보다 보니 나라고 비키니 못 입겠어? 하고 각성할 수밖에. 각성은 환상으로 이어져 쇼핑몰에서는 분명 이성적으로(?) 검은색 작은 땡땡이 비키니를 고른 것 같은데 계산을 하고 정신을 차려보니 손에는 밝은 터키색 비키니가 들려 있었다. 뭐, 어때! 바하에서만 입을 건데. 여기 아니면 또다시 비키니를 입을 일이 있기야 하겠어? 게다가 여긴 특히 한국 사람은 거의 없다시피 하니까. 말도 안 되는 합리화라니.

이곳에서는 진눈 해서라도 기도하고 싶은 마음이 된다.
지금 내가 느끼고 있는 이 편안로움이
내가 사랑하는 사람들에게도 전달되기를……

하여간 그렇게 처음 비키니를 입고 바닷가에 앉아 있자니 몸과 마음이 맥반석 위 오징어처럼 오그라드는 기분이다. 선글라스를 끼고, 책에 얼굴을 처박고, 누가 나를 알아볼까 싶어 고개를 푹 숙인 채 하루를 보냈다. 그런데 문득 내가 과연 무엇 때문에 지구 반대편까지 와서 이렇게 자신 없어하며 오그려 앉아 있어야 하는 거야? 라는 생각이 들었다. 나를 아는 사람이 누가 있다고? 그런 거 상관없다고 늘 외치고, 그보단 마음이 중요하다고 생각하면서 연애도 잘했잖아. 그런데 왜 주눅이 드는 거야?

나는 벌떡 일어나 바다 속으로 달려갔다. 지금 나에게 중요한 건 햇살과 바람과 바닷물, 따뜻하고 짠 대서양의 바다를 즐기고 있다는 사실뿐이다.

비치 타월을 바닥에 깔고 몸을 굽는 것도 33년 만에 처음이다. 팔다리를 쭉 뻗고 이리저리 몸을 굴려가며 살을 태우고, 그러다가 열기를 견디기 힘들면 바다 속에 들어가 첨벙거리며 높게 밀려오는 파도에 맞서 잠수를 한다. 그리고 다시 바람 부는 모래사장에 누워 몸 구석구석에 따뜻하고 짠 바람을 불어넣어준다. 바하에는 여러 개의 해변이 있어 조용히 일광욕을 하고 싶으면 산드라네 집과 가까운 곳으로 나갔고, 파도가 잔잔한 물에서 밤에 헤엄치고 싶으면 관광객이 주로 많이 모이는 '포르투 다 바하(Porto da Barra)'로 나갔다.

바하의 바닷가와 친해지면서 친구들도 많이 생겼다. 단골로 파라솔과 의자를 빌려주는 상인도 생기고— 대여해준 가게에서 해가 이동할 때마다 파라솔을 옮겨주고, 코코넛이며 맥주 주문을 받아준다— 내 입맛에 딱 맞게 치즈를 구워 꿀을 뿌려주는 아저씨도 사귀었다. 친구들에게 엽서도 쓰고, 동사 변화 단어장을 들여다보기도 하지만 대부분의 시간은 머리를 멍하니 비우고 그냥 쉰다. 쉬는 것에 서투르기만 하던 내가 이 바닷가에서는 아무 생각 없이 멍청하게 서너 시간을 간단히 흘려보내는 법을 배웠다. 그렇게 얼굴과 뇌를 풀어놓은 채 바다를 바라보고 있으면 어느새 해가 넘어가는 저녁이 다가온다. 지는 해를 바라보며 바다에 들어가 해가 완전히 넘어가는 모습을 지켜보며 배영을 했다. 저녁에 얕은 바다로 나가 물에 누워 달을 바라보며 헤엄치고 있노라 길거리 레스토랑에서 손님들을 위해 틀어놓은 삼바가 들린다. 글로 표현이 안 될 만큼 편안하고 행복한, 처음 가져보는 바다와의 시간.

해와 달을 보며 바다에 들어가 있은 시간은 자연스럽게, 기도하는 마음이 된다. 지금 내가 느끼고 있는 이 행복감을 내가 사랑하는 사람도 느낄 수 있도록 전해달라고 기도한다. 이곳 사람들이 작은 일에도 바다의 여신을 찾아 기원하는 것처럼, 나도 이곳 바다에 머물면서 작은 일에도 빌고 기도하고, 바라고, 원하는, 소원 많은 여자로 변했다.

내 카메라 어디 갔지?

1월 17일. 내가 바이아의 그 어떤 행사보다, 카니발보다 더 기다렸던 행사 '라바젱 두 봉핑(Lavagem do Bonfim)'. 1월 첫째 주 목요일에 열리는 행사로 카니발을 빼곤 아마 사우바도르에서 가장 크고, 모든 사람들의 사랑을 받는 큰 행사이다. 문자 그대로 해석하면 봉핑 성당의 청소 파티? 라바젱은 청소를 뜻하는데 전통적인 흰옷을 입고 꽃이 담긴 화병과 향기 나는 물을 머리에 인 채 봉핑 성당 앞마당을 씻어내는 의식을 치른다. 씻고 축복하고 잔치를 벌이고. 그 과정에서 모든 사람들이 그 물로 정화된다고 믿는다.

이타푸아를 비롯한 다른 성당에서도 청소 파티가 열리지만 전 세계 관광객들이 몰려들어 가장 많은 사람들이 참여하는 행사는 바로 오늘이다. 그 많은 사람들이 길을 걷는다는 것. 걸어가는 그 길에 흐드러질 음악과 춤들이 보고 싶어, 혹은 끈을 묶으며 소원을 비는 그곳에 나도 끼어보고 싶어 오랫동안 이날을 기다렸다. 카니발 순회를 같이했던 겐야 그리고 마리나와 함께 제로니모의 블로쿠(bloco)에서 입장권 같은 역할을 하는 흰옷도 사놓고, 오래 걸을 것에 대비해 종아리에 뿌리는 파스와 땀 닦을 수건도 여러 장 준비했다.

드디어 행진이 시작되었다. 원래 출발하기로 예정된 시간보다 한 시간

반 정도 늦게 출발했다. 여기서 일어나는 일이 다 그렇지, 뭐.

그래도 좋았다. 찌는 듯한 날씨에 모자 없이 얼굴을 그을리며 사람들과 함께 걷는 것도, 끊임없이 노래하고 춤을 추는 것도, 중간에 갑자기 폭우가 20분 정도 내렸지만 모두 같이 어디론가를 향해 걷는다는 것에 눈물이 날 것 같았던 느낌도 다 좋았다. 적어도 목에 메고 있던 카메라를 잃어버렸다는 사실을 깨닫기 전까지는.

이날은 워낙 도둑이 많아 카메라 잃어버렸다고 경찰들에게 말해도 왜 이런 날 카메라를 가지고 나왔냐며 오히려 야단맞기 일쑤라는데. 역시나 경찰은 물론 함께 걸어간 마리나까지 나의 울먹거림을 시큰둥하게 받아줄 뿐이다.

막막했다. 내 주변을 감싸 돌면서 축복의 말을 하며 볼에 뽀뽀를 하고, 꽃을 건네주던 사람들이 조직으로 일하는 도둑들일 줄이야!

평화와 꽃.
음악 소리 가득한 행복한 날에 도둑을 맞다니.

세상에서 가장 큰 스트리트 파티,
사우바도르 카니발

드디어 기다리던 카니발이 시작됐다. 학교는 카니발이 시작되기 일주일 전부터 일찌감치 휴교. 스테판은 이 기간이 너무나 정신없고 싫어서 2주일 동안 여행 떠난다고 하는 걸 보면 모든 브라질 사람들이 카니발을 좋아하는 건 아닌가 보다.

카니발 기간에 문을 닫는 비디오 가게나 옷가게들은 가게 문 전체에 분홍색 나무판자를 꼼꼼히 붙이고 있었다. 혹시 도둑이 들까 봐 그렇게 못질하는 줄 알았는데, 그게 아니라 카니발 기간 동안 거의 대부분의 남자들이 노상 방뇨를 하기 때문이란다. 같은 이유로, 카니발 때는 바하의 바닷가에서 해수욕을 하면 안 된단다. 음악을 들으며 바다 속에서 놀려고 했는데.

사우바도르의 카니발은 브라질, 아니 전 세계의 그 어떤 카니발과도 다르다. 브라질의 카니발이라고 텔레비전에서 보여주는, 최대한 화려하게 꾸미고 거의 벗다시피 한 언니들로 가득한 히우의 카니발과 달리, 이곳 사우바도르의 카니발은 그야말로 백 퍼센트 스트리트 파티다. 기네스북에도 세상에서 가장 큰 스트리트 파티로 등재되어 있을 정도란다.

히우에서도 물론 거리 행진을 하고, 사람들과 어울리는 수많은 삼바스쿨과 공연들이 있지만 이곳에서는 파티도, 공연도, 모두 길에서 이루어진다. 해마다 2백만 명 정도의 사람들이 길거리에서 일주일 내내 밤새 카니발을 즐긴다니, 놀라울 따름이다. 참고로, 히우와 상파울루의 카니발은 4일. 이곳 사람들은 정말이지 노는 데 목숨을 걸었다.

우리가 아는 삼바, 보사노바 아티스트들 중에는 이곳 바이아 출신이 엄청나게 많다. 카에타누 벨로수(Caetano Veloso)와 마리아 베타니아(Maria Bethania) 남매, 가우 코스타(Gal Costa)와 지우베르투 지우(Gilberto Gil) 그리고 도리발 카이미(Dorival Caymmi)까지. 하지만 그들도 삼바를 하고 인정받기 위해선 히우로 가야만 했다. 하지만 지금은 악쉐(Axé) 뮤지션들이 그들의 음악을 그대로 들고 히우로 가서 히트시키거나, 역으로 다른 지역 사람들을 바이아의 카니발로 끌어들이고 있을 정도라고 한다.

길거리 공연을 위해 만든, 바이아에서만 찾을 수 있는 유일무이한 공연장은 '트리오스 일렉트로니코스(Trios Eléctricos)' 라는 이름의 초대형 트럭이다. 트럭이라고 해야 하나, 아니면 버스라고 해야 하나. 2층 정도 되는 대형차에 밴드와 가수 그리고 비싼 돈을 지불한 몇몇 팬들이 함께 타기도 한다.

차가 움직이면 앞뒤로 가수나 밴드의 블로쿠가 천천히 춤을 추고 노래하며 행진한다. 이 트리오스 일렉트로니코스의 크기와 화려함, 그 뒤를 따르는 사람들의 규모를 보면 그 밴드나 가수의 인기가 어느 정도인지 짐작할 수 있다.

바이아 카니발만을 위한 음악이라 여겼던 '악쉐' 가 브라질 대중음악에서 점점 자리를 넓혀가고, 인기 가수도 많이 배출하자, 유명한 기업들은 앞 다투어 유명한 악쉐 가수의 블로쿠에 돈을 대거나, 그들이 행진할 때 초대형 애드벌룬을 띄워 기업을 선전하는 데 열을 올린다. 카니발 기간 중

사우바도르 카니발의 상징. 대표적인 블로쿠 아프로인
올로둠과 트리오스 엘렉트리코스.

사우바도르는 즐거움이 가득한 곳.
모든 것이 즐겁고 행복해!

LG의 애드벌룬들도 심심찮게 눈에 띄었다.

원래 악쉐는 카니발을 위한 음악, 최대한 열정적으로, 광적으로, 흥분된 상태에서 카니발을 즐길 수 있도록 만들어진 것인데, 가수들은 자신의 음악을 좋아하는 사람들 일명 블로쿠들을 위해 댄서들과 게스트들도 초청하고, 카니발 기간 내내 함께 행진하며 한바탕 논다.

내 인생의 첫 카니발을 사우바도르에서 보냈다는 것, 그것만으로도 나는 운이 좋았다. 끝까지 달리는, 노는 것 이외에는 아무것도 생각하지 않고 즐거움을 위해 모두 함께 단세포가 되는 것. 참 오랫동안 꿈꾸어왔던 일이니까.

카니발 기간 동안 많이 불리기는, 다니엘라 메르쿠리의 노래가 있다. 바이아와 카니발에 대한 사랑을 표현하는 노래들 중 가장 부드럽고 확실하고 사랑스러운 노래.

여름이 왔어.
심장에 열기가 느껴지고
축제가 시작되지.

사우바도르는 즐거움이 가득한 곳.
모든 것들이 즐겁고 행복해.
9월 7일 거리에 선 나는 평화의 수호자.
바하에선 등댓불이 환히 빛나지.
바이아의 카니발은 세계 8대 불가사의.
내 사랑 바이아, 널 절대 떠나지 않을게.

걸어갈 거야.

트리오스 일렉트로코스를 따라갈 거야.

아프리칸 리듬의 아고고(Agogo) 소리에 맞춰 춤을 춰야지.

바이아 사람들의 타고난 아프리칸 기질을 느끼면서.

이 환상이 영원했으면 좋겠어.

언젠가 평화가 전쟁을 누르고, 인생이 하나의 큰 카니발이 되겠지.

사람들이 이 노래를 부르며 천천히 행진하는 모습을 보고 있으면 가슴
이 뭉클해지곤 했다. 카니발이 끝나면 또다시 다음 카니발을 기다리는 이
곳 사람들……. 나도 남은 내 인생 중, 적어도 한 번은 더 이곳에 올 수 있
지 않을까 하는 짧은 생각.

바다의 여신에게
꽃을 던지며……

2월 2일은 바다의 여신 '예만자(Yemanja)'를 위한 축제의 날이다. 바다가 삶의 터전인 이곳 사람들에게 여신 예만자의 위치는 그야말로 절대적이다. 새해 전날, 바이아뿐만 아니라 히우에서도 다들 흰옷을 입고, 바다에 모여 예만자를 위한 꽃과 초 그리고 제물을 띄운다. 성모 마리아와 예만자 그리고 뱃사람들에게 신화적인 존재인 인어가 모두 하나로 연결되어 있는 셈이다.

올해의 카니발 기간에는 이 대단한 축제가 포함되어 있다. 아침 일찍 가지 않으면 사람들이 너무 많아 정신없다는 말에 '예만자의 집(Casa de Yemanja)'이 있는 '히우 베르멜류(Rio Vermelho)'로 아침 7시쯤 출발했다.

포르투갈인들이 전파한 가톨릭에 아프리카의 종교가 혼합되어 정착한 칸돔블레. 아프리카의 토속 신과 가톨릭의 성인들이 묘하게 얽혀 있는, 알면 알수록 흥미로운 종교다. 아마도 원주민이나 노예들에게 효율적으로 가톨릭을 전파하기 위해 거부 반응이 일어나지 않게 섞는 데서부터 시작되었을 것이다.

성당 앞마당에 자리 잡고 앉아 사람들에게 아픈 곳을 낫게 해주는 기도를 하거나, 점을 보는 브라질 만신들의 모습을 보고 있으면 이 특이한 종교가 얼마나 오랜 세월 동안 바이아에서 자리 잡고 이어져왔는지 알게 된

다. 봉핑 성당 앞, 성물(聖物)을 파는 곳에서도 가톨릭 성인과 이곳 토속 신의 이름이 함께 새겨진 온갖 끈과 토속 신들의 의상을 재연해 입고 찍은 엽서들을 팔고 있다. 거기다 무언가 더 주술적인, 흑마술에 가까운 다른 종교들의 성상도 함께 진열되어 있다.

그런 걸 보면 이곳 사람들은 말이 아닌 온몸으로, 생활의 일부분으로 신과 자연을 섬기거나 믿고 있는 것 같다.

이미 많은 사람들이 색색의 꽃과 플로랄 워터, 목걸이 등을 가지고 성당 앞에 길게 줄을 서 있다. 오후가 되면 이곳에 바친 제물들을 배에 싣고 바다 한가운데로 나가 가라앉힌다고 한다. 제물을 바치고 싶은 사람들을 위해 작은 모터보트 위에서 기다리는 어부들도 보인다. 그리고 거리에선 벌써 사람들이 원으로 둘러서서 추는 바이아의 전통 삼바인 '삼바 지 호다(Samba de Roda)' 판이 한창이다. 오늘 하루, 이곳은 예만자를 위한 축제가 밤새 이어질 것이다.

나도 바다의 여신을 위해 장미를 샀다. 가족들을 위해 흰 장미들만 사려다가 딱 한 송이의 붉은 장미를 골랐다. 혼자만 간직한 마음을 솔직히 바다에 고백하고 싶었다고나 할까. 그렇게 고백하는 것이 곧 기원으로 이어지는 것일 테지만.

조금은 복잡한 마음으로 꽃을 들고 바다로 향한다. 날은 흐리고 무덥고 끈끈하다. 다들 흰옷을 차려입고 위험해 보이는 암초 위에 서서 소원을 빌며, 준비해온 꽃을 던지고 있다. 나도 최대한 바다와 가까운 바위로 올라가 소원을 빌며 꽃을 던졌다.

바람이나 소원 같은 것. 솔직히 빌어본 일이 거의 없었다. 바라기만 하는 기도는 안 된다고 배웠었다. 그래서 그동안 내가 했던 기도는 대부분 힘든 일에 대한 한탄과 그 힘든 시간을 피하게 해달라는 하소연 정도였다. 이렇게 낭만적으로 꽃을 던지며 내가 이름을 부른 이들이 행복해지라고 한 적이 있었던가? 그 어느 때보다 간절한 느낌으로 바다를 바라본다.

마음속으로 계속 빌어야 그 기원을 들어줄 것 같아 한참 동안 바다를 바라보고 있었다. 괜찮겠지. 가끔 이렇게 이기적이 되어 소원을 비는 것도 괜찮겠지. 내가 행복해야 내 옆에 있는 사람들도 행복해질 테니까.

바다의 여신이여! 내 기도가 들린다면 부디, 따뜻하고, 부드럽고 아프지 않게, 제발 우리 모두를 행복하게 해주세요. 행복한 사람으로 만들어주세요.

수많은 남자들과 키스한 날

불한당이라고 해야 하나 아니면 그들의 옷에 쓰여 있는 것처럼 세상의 사랑과 평화를 수호하는 사람들이라고 해야 하나. 7일간의 카니발에서 나는 내 인생에서 처음으로 벌어지는 일들을 경험했다. 그중에서도 특히 간디의 아들들인 '필류 지 간지(Filhos de Gandhi)'와 함께 바하에서 온지나까지 걸었던 일이 가장 웃기고 황당한 기억들로 남았다.

그들의 행진은 늘 흰색 카펫에 비교된다. 블로쿠에 속해 있는 모든 남자들이 흰옷 차림에, 파란 목걸이를 목에 걸고 행진하는 모습은 그야말로 장관이다. 사진으로만 보아온 모습을 드디어 볼 수 있다는 생각에 그들이 행진하는 날을 미리 표시해두고 기다렸다. 그리고 이 블로쿠에 소속되어 있는 '지우베르투 지우'를 혹시 볼 수 있지 않을까 하는 기대도 컸다. 물론 길에서 함께 걷기보다는 트리오스 일렉트로니코스를 타고 가겠지만……
그저 사진이라도 한 장 찍을 수 있다면 좋으련만.

한낮의 태양 아래 흰옷으로 잘 차려입은 아저씨, 할아버지, 젊은 남자 수백 명과 함께 온지나까지 걸어간다. 여자들은 안 받아주는 블로쿠인 만큼 백 퍼센트 남자들만의 행진이다. 너무 좋아하는 티를 내지 않으려고 애쓰면서 행렬 옆에 바짝 붙어 걸었다. 이 넘치는 테스토스테론의 기운이라니! 나 말고도 꽤 많은 여자들이 피리 부는 아저씨를 쫓아가듯 걷고 있다.

잘 차려입은 딱무가내 오라버니들.
반듯한 행렬은 시간이 지날수록
맥주 한두 캔이 들어갈수록 점점 흐트러진다.

samba reggae

조금 걷다 보니 행렬이 약간씩 흐트러진다. 밧줄 너머로 노래 부르며 걷던 아저씨들이 내 손목에 리본을 묶어주기도 하고, 누구랄 것 없이 손에 든 플로랄 워터 스프레이 병을 들어 여자들에게 뿌려주는 기묘하고도 아름다운 행진이 이어졌다. 그러나 여자들은 절대 행렬 안에 들어갈 수 없다. 노래 부르는 사람들, 그들의 상징적인 악기인 '아고고(Agogo)'를 치는 사람들이 모두 자연스럽게 어우러지지만 행렬 안에선 술을 마실 수 없기 때문에 더위를 식히기 위해 맥주를 사서 마시느라 멈췄다가 다시 행진하는 사람들도 생긴다.

트리오스 일렉트로니코스에서 어쩌다 한 번씩 사람들에게 사과를 던지기도 한다. 사과를 받은 남자들이 그것으로 뭘 하나 싶었는데 그냥 와삭와삭 먹는다. 목걸이를 칭칭 두르고, 향수를 손에 들고, 흰옷을 갖춰 입은 데다 사과까지. 그런 것들이 의미하는 바는 모르겠지만 사과가 욕심나서 트럭 쪽으로 손을 뻗쳤다가 사과 한 알에 얼굴을 제대로 맞았다.

얼굴이 크니까 맞는 건 당연하다 쳐도 그 충격이 상당했다. 선글라스 다리가 부러지고 순간적으로 길에 픽 쓰러졌으니 말이다. 퍽 하는 소리가 어찌나 컸던지 사람들이 몰려오고, 사과 던지던 할아버지가 트럭에서 내려와 미안하다는 말을 연신 하더니 다시 올라간다. 괜찮아요. 괜찮습니다, 할아버지. 이 동네에 아는 사람이 없으니 망정이지, 이 무슨 망신스러운 일이란 말인가요. 그런데…… 사과는 안 주시나요?

행진하는 동안 할아버지들부터 소년— 옷을 제대로 차려입고 아빠와 행진하는 아이들이 너무 귀여웠다— 까지 볼에 뽀뽀를 하거나 악수를 하는가 싶더니 행렬이 막바지에 다다르자 갑자기 적극적으로 나온다. 웃으며 다가와선 자신의 목걸이를 빼 내 목에 걸어주고 확 당긴다. 당기기만 하는 것이 아니라, 당기는 순간 바로 키스를 한다!

좋아! 입만 살짝 대는 건 그렇다 치자! 카니발이 원래 그렇게 들이대고, 평소에 안 하던 짓을 하는 거라 해도 곧바로 프렌치 키스를 하는 사람들은 도대체 뭐란 말인가! 이보세요들! 난 그 정도로 대담해지려면 시간이 좀 걸린단 말입니다.

제발 볼에 하라고 사정해도 막무가내다. 마치 황소에게 올가미를 던지듯, 목걸이 주고는 있는 대로 끌어당기는 아저씨들을 피해 행렬 안으로 들어섰다. 원래 행렬 안엔 여자가 들어갈 수 없지만, 천만다행으로 오스케가 만들어준 취재 기자증이 있어 여자들에게 작업하느라 야단법석인 바깥 라인에서 안쪽으로 들어올 수 있었다.

한숨 돌리고 나서 멀쩡한(?) 남자들의 사진을 찍으며 라인 안쪽에서 편하게 춤도 추고, 그들이 건네준 아고고를 쳐보기도 했다. 좀 재미있나 싶었는데 아까 사과 던진 할아버지가 내려와서 사진 찍는 건 괜찮은데, 남자들과 놀면 안 된다고 주의를 준다. 에이, 한참 재미있었는데!

하여간 그렇게 조금 더 행진하다가 대열을 빠져나와 급히 바하로 되돌아왔다. 대열 밖은 이미 행진이고 뭐고 상관없이 처음 보는 사이인데도 내장이 닿을 듯 키스하는 커플들로 우글거린다. 집으로 돌아와 산드라에게 "원래 그렇게 목걸이 걸어주면 키스해도 되는 거야?"라고 물었더니 딱 한 마디.

"응. 너도 당했냐?"

"그게…… 원래 그런 거였구나."

"그런데 너 목걸이 개수를 보니 꽤 당한 것 같다?"

대체 몇 명에게 키스를 당했는지 기억 안 난다고 했을 뿐인데 셀 수 없이 많은 필류 지 간지와 키스했다고, 바이아를 떠나는 날까지 친구들에게 놀림을 받았다. 길에서 어떤 간지를 만났는데 나랑 뽀뽀했다고 말하더라나 뭐라나. 그래! 놀려라, 놀려!

목걸이 하나로 여자를 꼬실 수 있고, 목걸이 하나 달랑 받고 모르는 남자와 키스할 수 있다니……. 그래도 카니발이니 이해한다고? 에라! 서울 촌년, 카니발이 뭔지 알 것 같으면서도 통 모르겠다.

사우바도르 카니발에서 이런 옷차림의
오빠들이 주는 목걸이는 조심해서 받자!

곧 그리워질,
이제 곧 추억이 될 오늘 이 시간

사우바도르의 다운타운은 우리가 말하는, 단순히 번화가로서의 의미만
은 아니다. 물론 잡상인들이며 해변가에 위치한 선착장들 그리고 시장으
로 연결되는 길들이 복작복작 얽혀 있기는 하지만, 펠로리뇨나 바하의 세
련된 모습과는 동떨어진 곳이다. 하지만 내가 좋아하는 로코코 스타일의
봉핌 성당이 있고, '히베이라(Riveira)'라는 이름의 바다가 있고, 사우바도
르에서 가장 큰 재래시장인 '상조아킹(São Joakim)'이 있어 좋다.

사우바도르를 떠나기 며칠 전 '칸타갈루(Canta Galo)'에 있는 바닷가 식
당에서 점심식사를 기다리며 바다를 바라보았다. 늘 그렇듯 간질간질한
아호샤 리듬, 손님들이 주문하는 소리, 이미 낮술을 마신 사람들의 활기찬
수다, 식사를 하다 말고 바다에 들어가 놀다 오는 아이들 그리고 취기를
달랠 겸 모래 위에 앉아 바다에서 노는 아이들을 지켜보는 아버지의 모습
들이 보기 좋았다. 순박하게 달려와 사진 찍어달라고 청하는 아이들과 온
가족이 바다에서 오후의 한때를 보내는 그 평화로운 풍경이.

왜 평화로운 사람들의 모습을 바라보는 것만으로도 눈물이 나는 걸까.

곧 바이아의 바다를 떠나야 한다는 생각에 갑자기 눈물이 난다. 30년 넘
는 세월 동안 이렇게 바다와 사랑에 빠진 적이 없었으니 더욱더 그렇다.
그리고 바다가 삶 사제인 사람들을 만난 것도 처음이었다. 바다를 바라보

고, 사랑을 하고, 몸을 담그고, 시간을 보내고, 바다를 향해 자신의 소망들을 기원하는 사람들. 바다에서 공을 차고 춤을 추고 사랑하는, 그야말로 바다와 함께 사는 사람들. 그들의 삶 속에 내가 잠시 머물렀다는 사실은 아마 죽을 때까지 잊지 못하겠지.

그리울 거다. 마음 답답하고 누군가가 참을 수 없을 만큼 그리워지면 잠시 바다에 몸을 띄우고 바라보던 노을과 달이. 지는 해를 바라보며 간절히 소원을 빌고, 바람에 몸을 말리면서 이곳의 끓는 태양을 그가 있는 곳으로 보내주고 싶었던 나의 마음과, 조금은 차가운 저녁 바닷물에 누워 흰 반달의 날카로움에 마음을 베인 날들이. 그 모든 마음들을 모래 위에 후루룩 다 풀어놓고 덮어버릴 수 있었던, 마치 내 앞마당 같았던 이 바다가.

하루 종일 시간을 보내며 생각하고, 꿈을 꾸고, 사람을 그리워하던 그 시간과 바다가 그리워지겠지. 사랑하는 사람보다, 그 사람을 생각하던 그 펄펄 끓는 순간을 그리워하겠지.

이제 곧 여길 떠나지만, 다시 꿈을 꿔야겠다. 꼭 저 대서양을 다시 만나 몸 구석구석에 바람을 넣고 용기 내어 햇살에 한 번 더 그을려보겠다고. 그리고 다음에는 바다를 보며 헛된 소원을 빌기보다는 조금 더 나를 생각하며 기도하겠다고. 당신이 아닌 오직 나를 위해. 지금은 비록 나 자신보다 당신을 더 생각하고 있을지라도.

음악을 통해 만나고 꿈꾸었던 곳……
이타푸아 해변

누구나 한번쯤은 좋아하는 노래를 반복해 들으며, 그 노래에 나오는 장소라든가 그 음악을 만든 사람을 찾아가보고 싶다는 생각을 해보지 않을까? 비틀스가 좋아서 애비 로드나 리버풀을 가는 사람은 너무나 많고, 멤피스도 항상 엘비스의 숭배자들로 넘쳐난다. 시애틀이 스타벅스와 너바나 덕분에 알려졌다는 말도 그다지 과장으로 들리진 않는다.

난 일단 뉴욕과 뉴올리언스를 포함해, 일명 재즈 트레인이 거쳐가는 모든 지역, 이를테면 시카고, 캔자스시티 등을 기차로 한번 훑고 싶은 생각이 있었다.

하지만 가장 찾고 싶었던 곳은 뭐니 뭐니 해도 이곳, 브라질이다. 브라질의 뮤지션들과 미국 음악계 역시 떼어놓고 생각할 수 없는 데다, 이 나라가 가지고 있는 음악적 풍부함이라든가 깊이는 다른 어느 나라와도 비교가 안 되게 거대한 것이니까. 특히 내가 몰두했던 재즈와 라틴 음악은 굳게 연결되어 있으니 말이다. 삼바와 보사노바, 삼바 레게, 쇼루 등등 브라질이 가지고 있는 음악들의 목록은 작성하기도 버거울 만큼 다양하고, 또 그만큼 록이나 재즈, 힙합 같은 음악들도 그 시장이 크고 수준 높다는 것이 브라질의 저력이 아닌가. 음악에 관해서만큼은 어찌해볼 수 없을 정도로 타고난 사람들. 만나서 이야기를 나눠본 브라질인들도 한결같이 이렇게 말했다.

"우리나라의 가장 큰 재산은 석유도 커피도 설탕도 아닌 음악이야."

나의 블로그에 히우의 풍경을 걸어놓고, 배경음악으로 삼바와 보사노바들을 깔아놓은 것이 언제부터였던가. 브라질에서의 모든 것이 다 좋았지만 노래 한 곡 때문에 꼭 한 번 가보고 싶다고 생각한 곳이 있다면 그곳은 비니시우스 지 모라에스의 시에 토킹유(Toquinho)가 곡을 붙인 「Tarde em Itapoã」에 나오는 이타푸아 해변이었다. 바하에서 버스를 타면 한 시간 조금 넘게 걸리는 곳.

사우바도르를 떠나기 일주일 전 토요일, 햇살이 너무나도 쨍쨍했던 날. 오스케에게 부탁해 차를 몰고 사우바도르의 북쪽인 이타푸아로 향한다. 친구 산드라와 미진 언니도 함께. 햇살은 그야말로 엄청 뜨겁다. 화창하다 못해 불타오르는 그런 날씨.

처음으로, 노래 한 곡으로 이렇게 먼 곳으로 찾아온 여행이 무척이나 사치스럽게 느껴졌다. 난 정말, 행복한 여행을 하고 있는 중이구나, 그런 생각.

비니시우스의 동상과 광장의 성당 그리고 바다를 지켜주는 인어.

친구가 된 안나 브룩스

안나는 독일 함부르크에서 온 스물일곱 살의 아가씨. 독일 관광객들을 상대로 운영하는 펠로리뇨의 게스트하우스에서 리셉션으로 일한다. 포르투갈 어학교에서 만난 그녀와 나는 여자가 둘뿐인 클래스에서 만나 금방 친해졌다. 이곳에서 일하며 많은 사람들을 만난다고 하지만 그녀의 게스트하우스에는 온통 나이 든 사람들뿐이어서 그런지 수다를 떨 만한 친구가 없단다. 그 목마름을 채우기 위해 그녀는 늘 스물일곱 살만이 겪을 수 있는 사회생활이나 남자 문제, 치 떨리는 직장 상사에 관한 이야기들을 털어놓곤 했다. 나 역시 서툰 영어와 포르투갈어를 섞어가며 이야기할 수 있는 안나가 무척 편했다.

포르투갈어 수업이 끝나면 온지나 해변에서 코코넛을 마시거나, 제로니모의 공연을 보러 가서 그녀의 남자친구 알란을 만나 함께 음악을 듣기도 했다. 하지만 우리가 제일 좋아한 것은 포르투 다 바하의 해변에 앉아 지나가는 사람들을 바라보며 끊임없이 수다 떠는 일. 저 흑인 남자애는 나이 많은 아줌마들만 꼬드겨서 바닷가에 나오고, 저 아저씨는 버스 정거장에서 늘 작업을 걸고, 어쩌고저쩌고……. 독일과 한국에 있는 가족들 이야기며 과거의 남자친구들 이야기, 지금 안나가 사귀고 있는 남자친구의 좋은 점과 어이없는 점, 각자 좋아하는 음식에서부터 콘돔 사이즈에 관한 것까

지 정말 많은 이야기를 나누었다. 나는 때때로 남자에 관한 그녀의 고민들을 듣고 나의 의견을 말하기도 했는데 그때마다 진지하게 듣던 그녀는 언제나 배를 잡고 웃는 걸로 마무리를 짓곤 했다.

"유진은 심각한 이야기나 진지한 이야기도 아무렇지 않은 일처럼 말해. 그게 너무 재미있어. 어떻게 그럴 수 있지?"

그래? 나에게 그런 면이 있다고? 그녀 덕분에 알게 된 새로운 발견이다. 하긴 그녀 나이 스물일곱. 나로서는 아무렇지 않게 이야기할 수 있는 것들이 지금의 그녀에겐 감당할 수 없는 무게일 수도 있을 것이다. 내가 누군가를 향해 아무렇지도 않게 이야기하듯, 그녀 역시 그럴 수 있는 때가 되면 '아무렇지 않게 여기는 일'이 얼마나 다행스러운 일인지를 알게 되겠지. 그때까진 시간이 좀 더 필요하고, 좀 더 아파야 할 거야. 남의 충고를 귀담아듣는다 해도 자신이 겪어야 할 몫의 아픔들을 피해갈 수는 없을 테니까.

다시 히우로 떠나기 3일 전부터 안나는 계속 나를 보러 왔다. 마지막 날, 공항으로 출발하기 한 시간 반 전까지 늘 수다 떨던 바닷가 앞에서 마지막 맥주를 마시고 헤어졌다. 내가 곧 바이아로 돌아올 거라는 걸 알고 있으니 울지 않겠다고 말하던 그녀.

사우바도르에 평생 머무를 것 같았던 그녀는 몇 개월 뒤 연인과 헤어지고 지금은 사우바도르 남쪽의 이타카레(Itacaré)라는 곳에서 관광 가이드로 일한다. 조용하고 아름다운, 정글과 바다가 공존하는 곳. 그곳에서 완벽한 몸매의 서퍼와 사랑에 빠졌단다. 해변에서 늘 사 마시던 칵테일보다 훨씬 맛있는 칵테일을 만드는 바를 알아놓고 날 기다린다는 말도 덧붙였다.

그래, 어디에서든 네가 정말 행복하면 좋겠다. 지구는 둥그니까 살아 있다면 언젠가는 꼭 다시 만날 거야.

안나, 언젠가 펠로리뇨에서
꼭 다시 만나 이야기를 나누자.

키스보다 더
달콤하고 황홀한 맛의 팬케이크

사우바도르에서 히우로 다시 돌아왔다. 이번에는 이파네마가 아닌, 코파카바나에서 지낸다. 카니발 기간에 만나 인사했던 산드라의 이모 마릴레니의 집이다. 새침하고 멋내기 좋아하는 딸 파비아니는 이미 만난 적이 있지만, 의료보험회사에서 일하고 있는 아들 이카루와는 첫 대면이었다. 산드라가 말한 대로 아주 잘생기고 키 크고 착한 청년이었다. 여자친구가 있고, 응원하는 축구팀은 플라멩구. 다음에 만나면 아주 노골적으로 야한 춤 '파벨라 펑크(Favela funk)'를 추는 곳에 구경 가기로 약속했다.

방 하나짜리 아파트에 온 가족이 살고 있어 닷새 동안이라 해도 거실을 점거하는 것이 미안했는데, 정작 그들은 늘 손님이 왔기 때문에 괜찮다고 했다. 마릴레니는 아침 일찍 요리 전담 파출부로 일을 나갔다가 저녁에 돌아와 바로 자격증을 따기 위한 공부를 하러 나간다. 그리고 가끔 요리 솜씨 덕분에 사람들이 가외로 부탁한다며 집에까지 일을 들고 오곤 했다.

파비아나 이카루는 한창 자랄 나이에 엄마가 없는 저녁을 냉동 피자나 팝콘으로 때우곤 했다. 그 아이들은 저녁을 혼자 해결하는 것을 당연하게 받아들이는 것 같다. 불평은커녕 엄마가 집에까지 일을 들고 오면 그 일이 빨리 끝나도록 곁에서 돕는, 엄마를 무척 사랑하는 아이들이다.

아이들과 제대로 된 식사를 하고 싶어 히우에서는 주말이면 꼭 먹는다는 '페이조아다 뷔페'에 가서 함께 점심을 먹었다. 게다가 히우 사람들처럼 식후 낮잠까지 쿨쿨 자고 나니 아주 오랫동안 같이 지낸 가족 같은 기분이 들었다. 아이들이 먹는 모습, 자는 모습에 이렇게 뿌듯한 걸 보면 나도 나이 들었나 보다.

힘든 하루하루였지만 산드라의 이모 마릴레니는 수요일 밤과 토요일 그리고 일요일이면 남자친구와 함께 '포호(Forro)'를 추러 나간다. 켄야도 마릴레니의 집에 머무른 적이 있었는데 그녀의 포호에 대한 열정은 아무도 못 말린다고 말할 정도였다. 가끔 아이들이 "저녁에는 우리도 좀 챙겨주면 안 되냐?"고 불평한다는데 그럴 때면 "힘들게 일하고 스트레스를 받는데 춤도 못 추러 다니냐?"며 버럭 화내는 것을 목격했다고 했다.

나도 히우에 도착한 수요일부터 떠나는 닷새 동안, 그녀와 그녀의 남자

친구와 함께 나흘이나 포호를 추러 다녔다. 하루는 플라멩구 근처의 극장식 슈하스코 레스토랑, 이틀은 코파카바나의 댄스홀, 그리고 또 하루는 히우에 머물면서도 미처 가보지 못했던 '상크리스토바오 시장'에서였다. 바이아 음식들을 즐기며 마음껏 춤추고 논다는, 금요일부터 일요일까지 열린다는 그 시장은 아예 밤에 개장했고, 사람들도 자정이 넘어서야 슬슬 모여든다.

대형 경기장 안에서 열리는 그 시장은 옷이며 CD며 책들을 많이 팔지만, 음식 재료 역시 다양하게 갖추고 있다. 시장 곳곳에 크고 작은 무대가 열리는데 사람들은 오픈된 그 공간에서 마음껏 춤을 추거나 술을 마시며 주말 밤을 보낸다. 입장권을 사서 들어가는 야시장과 누구랄 것 없이 포호를 추는 사람들. 이런 시장이 또 어디 있을까?

남자친구와 포호 삼매경에 빠진 마릴레니에게 혼자 시장을 둘러보겠다고 말한 뒤 구석구석 돌아다녔다. 타피오카 분말이며, 덴데 코코넛 오일, 얌 가루로 찐 케이크, 아카라헤까지 바이아 음식들을 파는 좌판들이 북적북적한다. 골목을 뒤져가며 포호 아닌 삼바를 연주하는 곳이 없는지 기웃거리고 다녔지만, 파고지를 연주하는 밴드는 아직 시작하기 전이었고, 레게 음악을 트는 바는 스피커가 안 좋아서 잠시도 버티기 어려울 정도로 귀가 아팠다.

그렇게 30분쯤 사람 구경을 하며 헤매다가 찾아낸 곳은 토비아스라는 사람이 운영하는 카이피링야 바. 엄청난 양의 라임을 미리 썰어놓고 있었는데 옆에는 백설탕 한 그릇이 수북하다. 끊임없이 삼바를 틀어대며 알레그리아! 알레그리아!를 외치고, 사람들에게 카이피링야를 타주느라 정신이 없다. 그는 시장 안에서 나름대로 밴드 연주도 하고, 친목회 회장도 맡았는지 사진이 인쇄된 현수막이 여기저기 걸려 있었다.

밤샘 시장에서의 한잔 술을 곁들인 삼바와 토요일 점심의 테이조아다.
다시 돌아간 히우에서의 즐거운 날들.

너무 큰 음악 소리 때문에 설탕을 조금만 넣어달라는 나의 말은 깨끗이 무시된 채 다디단 카이피링야가 나왔다. 뭐 곧 얼음이 녹겠지. 야시장과 지직거리는 스피커에서 들리는 음악 그리고 달달한 술이 나름 꽤 잘 어울렸다. 취하면서 피로회복. 일석이조다.

잠시 일어나 술 마시던 사람들과 삼바를 췄다. 삼바의 좋은 점은 음악이 나오면 언제든, 혼자서도 출 수 있다는 점이다. 웬 동양 여자가 한 손에는 술잔을 들고 음악을 따라 부르면서 삼바를 추는 모습이 신기한지 한없이 바라보다 간다. 야시장에서 술 마시고, 노래하고, 춤추는 일이란 이곳 사람들도 늘 하는 일인데…… 왜? 뭐가 어때서?

한참 그렇게 놀다가 다시 시장을 걸었다. 다시 또 소규모로 포호 연주를 하는 곳에 멈춰 있으니 춤을 청하는 사람이 나타나 또 춤을 춘다. 추고, 다시 걷고, 그렇게 얼마나 걸었을까? 지치고 시장기가 느껴졌다. 시장에서 파는 간식도 한번 먹어봐야 한다는 생각에 타피오카 가루를 파는 집에서 만든 팬케이크를 하나 시킨다. 안의 필링은 금방 체 친 코코넛으로.

뭐라고 말해야 할까. 그동안 브라질에서 뭘 먹었는지 다 잊어버릴 정도로 팬케이크 맛이 기막혔다. 타피오카 특유의 쫄깃한 감촉에 아삭한 코코넛, 적당한 단맛과 촉감까지…… 맛의 밸런스가 아주 절묘한 간식이다. 두 달 동안 이걸 안 먹고 뭘 한 걸까? 먹자마자 기운이 살아나는 음식, 정말 오랜만이다. 이름을 물어봤다. '베이주(Beijo)'란다. 어쩜 이렇게 이름도 어울리게 지었을까? 머릿속이 멍청해질 정도로 맛있는 팬케이크, 베이주. '키스'라는 뜻이다.

베이주 만드는 법을 마릴레니에게 배우려고 타피오카 가루를 한 봉지 사 들고 중앙광장으로 돌아오니 둘이 나를 한참 찾았다며 비닐봉지를 쑥 내민다. 방금 먹고 온 베이주다. 그녀도 나를 위해 샀나 보다. 먹었다고 하기가 미안해 조금씩 뜯어 먹었다. 코코넛과 연유를 듬뿍 넣은 베이주가 무척 달다. 베이주 안에도 크레페처럼 원하는 것을 넣어 얼마든지 자유자재

Samba reggae

로 만들 수 있다. 연유나 캐러멜, 코코넛과 파인애플 같은 단것부터 닭이며 새우, 브라질의 소금에 절여 말린 고기까지. 짭짤하게 만들어 먹기도 하는 모양이다.

집에 돌아와서 이카루에게 오늘 엄청나게 맛있는, 베이주라는 음식을 먹었다고 자랑했더니 한참을 웃는다. 누가 베이주라고 하더냐면서. '비주(Biju)'란다. 비주라면 바이아에서 늘 간식으로 나오던 얇은 크래커 아닌가? 얇게 부쳐서 돌돌 말아 건조시킨 뒤 슈퍼마켓에 늘어놓고 파는 음식.

마른 비주와는 비교할 수 없이 촉촉하고 맛있어서, 똑같은 음식이라곤 생각도 하지 못했다. 음악 소리와 술 취한 기분 때문에 팬케이크 아가씨가 한 말을 잘못 알아들었나 보다. 어쨌거나 나에게는 키스보다 더 달콤했던, 더 원하게 되는 음식이던데.

코파카바나에서 울다

히우에 올 때마다, 나는 먹구름을 몰고 다니나 봐요.
작년 크리스마스 주말에도 먹구름이 끼고 비바람이 쳐서 해변에
못 나갔었는데 이번에 머물 때에도 늘 날이 흐리고 비가 오니까 말이죠.
그래도 부에노스아이레스로 가면 당분간 해변에 갈 수 없다는 생각에
새벽 5시 반에 지친 다리를 끌고 코파카바나 해변으로 나갔습니다.
잠이야 비행기 안에서 자면 되겠죠.

해가 구름에 가려 일출은 못 봤지만 살짝 부는 시원한 바람과
노점상들이 끓이는 커피 향기, 귀에 꽂히는 음악과 파도……
이곳을 영원히 떠나고 싶지 않을 만큼 모든 것이 너무 아름다웠어요.
엄청난 도시 안에 존재하는 아름다운 바닷가에 자리를 잡고,
아침 바다에 살짝 몸을 담그고 나와 음악을 듣고 있자니
어쩔 수 없이 또 눈물이 나더군요.

여행 온 뒤로 바닷가에만 앉으면 우는 버릇이 생겼습니다.
밤바다에선 우는 모습을 어둠 속에 감출 수 있지만
새벽 바닷가에서는 그럴 수가 없더군요.

울면서 저의 외로움을,

흐린 햇살 아래 섬뜩하고 잔인하게 마주칠 수밖에 없었습니다.

밤바다, 달이 잠겨 있는 곳에서 떠올리는 흐릿한 그리움이 아닌, 껍질이
벗겨지고 피가 뚝뚝 흘러도 비명 한번 내지 않고 묵묵히 참아왔던 나의 상
처들을 다시 마주 봐야만 했어요.

새벽 해변을 바라보며 난 이제 울기보다는 악을 쓰며 비명을 지르고 있
습니다.

너무 바라지 말자고, 기대할 수 없다고 늘 생각하면서도

좋은 것을 보거나 듣거나 느낄 때 어쩔 수 없이 서럽습니다.

왜 이 모든 것을, 아름다운 것들을 함께할 순 없는 걸까요.

혹시 누군가와 같이 있고 싶다고 생각하면

모든 것을 버리거나 포기해야만 하는 그런 삶을 타고난 것일까요?

내 인생의 마지막 순간이 올 때,
당신을 사랑했던 마음을 이곳의 풍경처럼
아름답게만 기억하게 될까요?

감히 원하지도 말고, 원하는 것은 아프게 그리워하며 살고, 일에 미쳐 정신없이 몰아쳐가는 그런 삶을 전 얼마나 더 계속해야만 하는 걸까요.

다시 볼 수 있을 거라 생각하지만 마지막이었을지도 모른다는 생각을 하면 심장이 터질 것 같고, 목은 막혀 울음조차 나오질 않습니다.

그냥 흐르는 대로 놓아두면 된다고 마음 편히 생각하려 하지만 그대로 놓아두면 저절로 잊고 잊힐까 두렵습니다.

전 이 아름다운 풍경과도 그리고 당신과도 아직 헤어질 준비가 되지 않았어요. 그래서 이 새벽, 이렇게 더 서러운가 봅니다.

과연 내 인생의 마지막 순간이 올 때, 난 어떻게 기억하게 될까요.
이곳의 풍경처럼 아름답게 기억될까요?

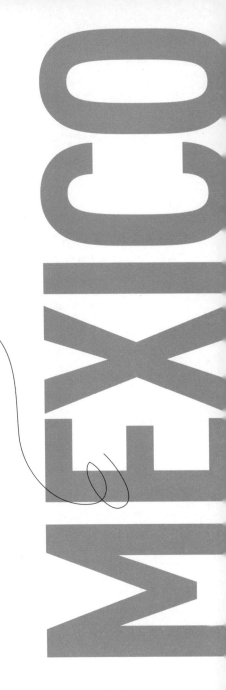

멕시코

파나마에서의 이틀

지옥 같은 비행이었다. 넉 달 전 파나마에서 산티아고로 넘어갈 때 탄 비행기보다 더 추웠다. 높은 곳을 비행하면서 따로 에어컨이라도 켜는 걸까? 이번에도 얄팍한 담요를 석 장이나 두르고 기침을 연달아 하면서 뜨거운 차를 연거푸 청해 마신다. 도착해서 입국 심사를 마치고 짐을 끌고 나오니 몸은 잔뜩 구겨놓은 종이처럼 푸석푸석하고 날카로워진 느낌이다.

비행기에서 내려 짐을 찾고, 익숙지 않은 곳에서 몸 누일 곳을 찾기 위해 이동하는 시간⋯⋯. 그래, 이때가 여행에서는 가장 피곤한 시간이다.

흐리고 끈적끈적한 날씨에 매연까지 더해 숨이 막힐 정도다. 공항을 나서자마자 어디선가 택시 기사들이 득달같이 달려든다. 그들이 부르는 돈은 28달러, 시내까지 15달러에 가자고 말도 안 되는 스페인어로 실랑이하다 보니 훌쩍 10여 분이 지났다. 파나마 스페인어는 아르헨티나 스페인어와 억양도 다르고, 국제공항이라 해도 영어를 할 줄 아는 경찰은 아무도 없다. 다행히 부에노스아이레스에서 태어나고 캘리포니아에서 자란, 그래서 스페인어와 영어를 동시에 하는 친구를 만나 낡은 밴을 흥정해 나눠 탔다. 덕분에 조금은 싸고, 안전하게 이동할 수 있었다.

덜컹거리는 차에 슈트케이스와 그의 서핑보드를 옮겨 싣고, 약간 비좁게 앉은 채 파나마시티로 향했다. 나는 예약해둔 '보야헤르(Voyager)'라는 호스텔로, 그는 호텔 '카리브'로.

고속도로가 끝날 무렵, 시내로 들어가는 조금 긴 다리를 건넜다. 달리는 차 왼편은 태평양, 오른편은 카리브 해다. 나라의 한쪽은 태평양이고, 또 한쪽은 카리브 해인 셈인데, 지금은 그런 지리적인 특성을 이용해 북미와 카리브, 남미의 주요 도시를 잇는 교통의 요지 역할을 톡톡히 하고 있다. 때문에 내가 남미로 들어올 때도, 다시 중미로 넘어갈 때도 파나마를 거쳐 갈 수밖에 없다.

파나마 항공사인 '코파 에어라인'은 남미와 북미의 주요 도시는 물론 쿠바의 아바나까지 운항한다. 메데인, 과야킬, 산티아고데칠레, 부에노스아이레스, 라파스, 킹스턴, 아바나, 산토도밍고……. 교통의 이점을 이용해 관광 산업을 발전시킬 모양이지만, 정작 파나마시티는 볼 것도 없고, 알려진 것도 거의 없는 편이다. 물론 운하에 가면 배가 지나가는 모습이나 운하 박물관 정도는 볼 수 있지만, 경치 좋은 바닷가로 나가려면 하루 이틀로는 어림없고, 그럭저럭 즐길 수 있는 바다도 족히 네댓 시간은 보트를 대절해 나가야 한다.

파나마시티는 그야말로 비행기 정거장 정도밖에 안 되는 위치인데, 그러다 보니 이 도시가 홍보할 수 있는 것이라곤 호텔, 카지노, 쇼핑가 일색이다. 맥도날드와 버거킹, 피자헛, 서브웨이가 같은 건물에 있는 일종의 패스트푸드 몰을 형성하고 있기도 했다. 미국의 영향 또는 다양한 인종을 수용할 수 있다는 능력을 보여주는 듯 미국 자본주의 상징인 먹을거리들을 모아놓았다. 잘 알려지지 않은 관광지들이 손님을 끌려면 전 세계적으로 알려진 브랜드가 가장 유효할지도 모르겠다.

창가에 얼굴을 대고 아무리 살펴보아도 피자나 치킨 같은 메뉴들만 가득하고 파나마 음식을 간판에 써놓은 것은 어디에도 찾아보기 힘들다. 이틀을 머물더라도 파나마 전통 음식 한 끼는 먹어볼 수 있겠지, 라고 생각한 것은 잘못이었나.

다행히 호스텔은 깨끗했고, 4인용 도미토리에서 운 좋게 혼자 머물 수 있었다. 아침 일찍 일어나 호스텔에서 주는 아침 식사를 했다. 식사래야 식빵에 커피, 그리고 바나나가 전부다. 돈도 아낄 겸 그냥 호스텔에서 이틀을 보낼 생각이었던 나는 그래도 옆에서 함께 식사 중인 미국인에게 파나마에 대해 아는 것이 있느냐고 물어보았다. 파나마에서 2, 3년 동안 평화봉사단 멤버로 자원봉사를 했지만 그도 파나마시티에 머문 적은 없다고 한다. 다들 파나마를 보기보다는 이곳에서 다른 곳으로 건너갈 생각을 하고 있다.

점심때 주변 레스토랑들을 둘러보러 나갔다. 피자집과 스테이크집들뿐이다. 정체성이 불분명한 메뉴들만 즐비하다. 파나마의 기사식당촌이든 호스텔이든, 그 밑에는 어김없이 서브웨이가 들어와 있다.

　그중 눈에 띄게 싼 값에, 간판이 눈을 잡아끄는 데가 있어 들어가보기로 결정했다. '브라질-파나마(Brazil-Panama)' 라는 이름의 피자집이다. 왜 이런 이름을 붙였을까? 들어가니 카사블랑카에서 춤추고 있는 바이아 무당의 걸개그림도 붙어 있고, 브라질 국기도 잔뜩 붙어 있다.

　별다른 질문도 없이 투어리스트들을 위한 메뉴를 가져다준다. 메뉴는 총 네 개. 파스타나 피자는 통과하고, 그 밑에 스페인어로 된 메뉴를 가리키며 혹시 파나마 음식이냐고 물었다. 그렇다고 하면서 맛있다고 덧붙인다. 2.5달러짜리 그 메뉴를 시키고 콜라도 하나 주문했다. 놀라운 것은 여행을 시작한 12월 3일부터 지금까지, 레스토랑에서 주문했을 때 물을 가져다주는 곳이 없었는데 이곳에선 얼음 넣은 생수를 가져다주었다는 것!

　요리는 심플했다. 갈비를 토마토소스와 얌을 더해 푹 삶은 것, 삶아서 기름과 소금을 둘러 볶은 긴 쌀밥 그리고 구운 바나나. 물론 보통 까먹는 바나나가 아니라, 브라질에서는 'banana da terra' 라고 하는 단단한 플란테인을 구운 것과 오이, 양파가 약간 들어간 감자 샐러드이다. 고기에다 세 가지 종류의 탄수화물이 곁들여 나와 먹기도 전에 배가 차는 느낌이다.

날아가는 긴 쌀은 워낙 좋아하지만 얌이나 '아이핑' 이라 불리는 녹말풀 많은 음식들은 아무래도 천천히 먹다 보면 금방 배가 부르다. 하지만 기름을 많이 두르지 않고 구운 플란테인은 꽤 맛있었다. 땅의 바나나(banana da terra)라⋯⋯. 감자가 불어로 '땅의 사과(Pomme de terre)' 이듯, 하루를 버틸 양식이 되어주는 바나나란 뜻에서 이렇게 이름 붙인 거겠지.

음식을 먹으면서 낯익은 이 맛이 무엇인지 곰곰 생각했다. 넘치는 탄수화물과 약간 질긴 듯 익은 고기. 어디서 먹어본 음식이었더라? 아! 그래. 영국 유학 시절, 같은 집에 살던 도미니카 여자아이가 만들어준 전통 음식이 있었다. 이름은 잘 모르지만, 감자와 얌과 고기에 토마토소스를 넣고 한참 동안 삶는 모습을 보았었다. 도미니카에서 영국으로 유학 올 정도면 꽤나 부자였던 터라, 그 아이는 항상 어이없는 말을 종종 내뱉곤 했다.

"나는 내 손으로 머리를 감아본 적이 한 번도 없어."

그애는 런던에서 머리를 직접 감느라 고생했다. 마리벨, 그애는 지금 뭘 하고 있을까.

파나마와 각 카리브 해 섬들은 무척 가깝다. 기후대도 비슷하다 보니 음식들도 서로 영향을 받았겠지. 일명 해적들의 음식이라는 '저크(Jerk)' 도 자메이카를 비롯해 섬 골고루 퍼져 있을 테고. 눈앞에 두고도 자메이카와 쿠바를 못 가보는 게 또 아쉬워진다. 올스파이스 장작 위에서 지글지글 익어가는, 양념에 푹 절인 고기들의 모습을 못 담아오는 것이 못내 아쉽다. 음식을 먹다가 식당 주인 여자에게 왜 가게 이름이 브라질–파나마인지를 물었다.

"내가 브라질 여자거든요."

주인 여자가 포르투갈어로 대답한다.

"그럼 브라질 음식을 팔지, 왜 피자 가게를 하세요?"

"여기는 다들 일하러 온 사람들이니까 느긋하게 앉아서 슈하스코 같은 걸 먹을 순 없죠. 고기도 많은 양을 쉽게 구할 수 있는 것도 아니고요. 세트 메뉴나 피자만 주중에 싸게 팔고 토요일에는 페이조아다를 팔아요."

"하하, 브라질에서처럼 토요일은 먹고 나서 낮잠 자는 건가요?"

"그렇죠. 아가씨도 주말에 한번 먹으러 와요. 카이피링야도 판다오."

토요일에는 브라질 음식을 하는 그녀의 식당에서 카이피링야를 곁들인 페이조아다를 먹고 달게 낮잠 자는 파나마에서의 토요일을 상상해본다.

새벽 6시 반에 다시 공항으로 떠난다. 콜롬비아로 가는 배를 타는 사람들과 남미로 넘어가는 비행기를 갈아타려는 사람들, 외곽의 바닷가로 나가기 위해 머무는 사람들이 더 많은 쓸쓸한 도시 파나마. 하지만 떠나기 싫은 기분이 드는 것은 이 도시와 친해지지도 못하고 떠나는 게 살짝 미안해서일 것이다.

처음 만나는 카리브 해

부활절 시즌이 끝난 칸쿤(Cancún)은 무척 조용했다. 스페인어로 '세마나 산타(Semana santa)'라고 부르는 성주간(聖週間), 부활절이야말로 그리스도 신앙의 핵심이어서 휴가 기간도 가장 길다. 비행기 표를 기다리며 난리법석을 치르는 동안 아르헨티나와 같은 가톨릭 국가에서 얼마나 철저히 부활절 휴가를 지내는지 확실히 알게 되었다.

공항에서 만난 칸쿤의 첫인상은 쓰레기 줍는 아주머니도, 슈퍼마켓 아저씨도, 온통 영어로 반갑게 인사하는 진짜 관광지다운 관광지라는 것이다. 사람이 없어 조용하긴 했지만, 철 지난 휴양지의 분위기는 좀 묘하다. 마치 있어선 안 될 곳에 얹혀 있는 기분이랄까.

호스텔의 방 잡기는 쉬웠지만 이미 부활절 휴가 때 여길 지나간 수많은 관광객들로 인해 부대 시설들이 망가지거나, 수리하고 있는 호스텔이 대부분이다. 온수도 잘 안 나오고, 로커룸도 다 부서져 슈트케이스를 머리맡에 두어야 했고, 손잡이와 손목에 끈을 연결해 묶고 잠자리에 들어야 할 정도다. 관광객들이 다 지나갔다지만 아직 축제가 덜 끝났는지 밤새 사이 키델릭한 음악이 들린다. 어떻게 이런 음악을 들으면서 밤새 술 마시고 춤을 출 수 있을까? 음악적 취향이야 다양할 수밖에 없다고 늘 생각하지만, 그래도 이렇게 같은 음이 계속 반복되는 것을 들으면 속이 매슥거린다. 그렇게 칸쿤에서 사흘 동안 잠을 설쳤다.

그러고는 태어나 처음으로 카리브 해를 만났다. 웬만큼 아름다운 해변은 호텔들이 소유하고 있어, 바다를 보려면 내가 묵고 있던 버스 터미널 근처에서 셔틀을 타고 호텔 존으로 가야 했다. 물론 호텔 안으로 들어가 바닷가로 나갈 수는 있으나 자유롭게 사용하긴 힘들다. 마음에 드는 해변이 있으면 호텔로 들어가 선베드라도 하나 빌리고 칵테일을 시키면 더 쉽게 바다를 즐길 수 있겠지만, 그다지 내키지도 않을뿐더러 당분간은 절약 모드로 여행해야 한다. 그래서 이구아수에서 만난 제프리가 알려준 대로 힐튼 호텔에서 내려 호텔 옆에 붙어 있는 작은 입구로 들어가보기로 했다. 그의 말로는 아무도 방해하지 않고, 모래사장과 바다를 제대로 즐길 수 있는 유일한 곳이라고 한다.

들어갈 빈틈이 있을까 싶을 정도로 빽빽이 붙어 있는 호텔과 빌라, 골프 코스 사이에 정말 조그맣게 바다로 향하는 입구가 나 있다. 그곳을 통과하면 믿을 수 없을 만큼 새하얀 모래와 눈이 시리게 푸른 바다가 펼쳐진다. 무엇보다 너무나 고요했다. 가끔 해변가를 산책하는 사람들이 한두 명 지나갈 뿐, 제프리의 말대로 조용히 생각하기 좋은 바다가 거기에 있었다.

바다의 색깔은 햇볕에 따라 푸르게도, 옥색으로도, 가끔은 검게도 다양하게 변한다. 어떻게 변하든 넋 놓고 계속 바라보게 만드는, 비현실적이고도 아름다운 바다. 한번 보면 결코 잊을 수 없는, 눈 감으면 다시 떠오르는 아름다운 풍경이다. 이번 여행에서는 꿈같은 풍경을 참 많이 만나는구나.

브라질에서 떠나온 이후 처음으로 샌들을 신고 모래를 밟으며 바닷물에 들어간다. 파도가 높아도 조금 더 몸을 담가보려 했는데 어디선가 안전요원이 나타난다. 바라보기에는 아름답지만 높은 파도 때문에 안전사고가 많이 일어난다는 칸쿤 해변. 그래서 그냥 흰 모래 위에 주저앉아 이런저런

아무도 없는 고요한 해변에 앉아 처음 만나는 카리브 해를 하루 종일 바라보기.
바다의 색깔은 그야말로 비현실적이다.

공상에 빠져들었다.

얌전히 앉아서 바다 건너편에 있을, 이번에는 포기한 쿠바와 도미니카와 푸에르토리코를 생각했다. 디미트리의 고향 마르티니크도. 그래, 지금은 일단 이곳에서 마음 깊이 담아갈 바다색 하나만 가져가자.

부서진 산호와 조개껍데기가 섞여 있다는 흰 모래,
그리고 좌판에서 집어 든 싸구려 비치 샌들,
브라질을 떠난 지 한 달만에 만나는 바다에 그저 마음이 들뜬다.

즐거운 곳 멕시코,
행복한 곳 메리다

메리다(Merida)의 첫인상은 4개월 전의 멘도사와 흡사하다. 더위, 그것
도 아주 살인적인 더위다. 칸쿤도 더웠지만 이 정도는 아니었는데……. 네
시간 정도 떨어져 있을 뿐인데 어떻게 이리도 온도 차이가 날 수 있을까?
숨조차 쉬기 어려운 이런 더위는 브라질에서도 느껴본 적이 없을 정도였
다. 네 시간 동안 냉동칸처럼 차가운 버스를 타고 왔던 나는 한여름 잘 냉
장된 맥주병을 냉장고 밖으로 꺼낼 때 물이 줄줄 흐르듯, 식은땀을 흘리며
짐칸 앞에 멍청히 서 있었다. 순간적으로 머릿속의 산소가 모두 증발한 것
같았다.

오래된 유적지보다 유카탄(Yucatan) 지방의 음식을 맛보고 싶은 마음에
큰 재래시장이 있는 이곳 메리다를 멕시코에서 두 번째 가보고 싶은 도시
로 망설임 없이 결정했는데…… 조용하고 화려한 원색의 집들과 토르티야
반죽을 파는 키 작은 할머니들이 가득한 이곳이 마음에 꼭 들었다.

그러나 이곳에는 시장을 왔다 갔다 하며 멕시코에 천천히 적응해보려는
나처럼 느릿느릿한 여행자들보다는 유카탄 반도의 유적지들인 치첸이트
사(Chichenitza)나 툴룸(Tulum)으로 당일치기 여행을 다녀오거나, 쿠바의
아바나로 떠나는 이들이 더 많이 머물고 있었다.

때가 타지 않은, 오래된 도시의 모습이 많이 남아 있는 도시, 메리다. 낡

게 바랜 벽들과 기대서면 무너질 것 같지만 아름다운 베란다가 왜 그렇게 마음을 건드리는지 모르겠다.

닷새 동안 이곳에 머무르면서 오랜만에 여행자 같지 않은 규칙적인 생활을 했다. 아침 일찍 일어나 간단히 아침을 먹고, 슬슬 소칼로(Zocalo) 광장까지 걸어간 뒤 대성당 안에 들어가 잠시 기도를 드리거나, 화려한 성상들을 보며 앉아 있다가 다시 광장으로 나온다. 10분 정도 걸어가면 재래시장 '루카스 데 갈베스(Lucas de Galvez)'가 나온다. 1층에는 주로 물건들과 간단한 타코 그리고 음료를 파는 간이식당들이 있다. 유카탄 지역의 전통 음식을 맛보려면 1시쯤 문을 여는 2층 식당가로 가야 한다.

2층 식당가에서 식사한 것은 딱 한 번. 나머지 날은 시장을 돌아다니며 세상에서 가장 매운 고추인 '아바네로(Habanero)'가 널리 재배되는 유카탄의 고추 장수 아줌마들에게 턱없는 스페인어로 말을 걸었다. 그러다가 쌀과 시나몬, 설탕을 넣어 갈아 만든 쌀 음료 '오로차타(Horochata)'를 마셔가며 시장을 한 바퀴 더 돈다. 향신료 가게에서 우리나라에선 살 수 없는 이색 향신료와 저녁에 먹을 망고도 사고, 맥주를 위한 라임도 빼놓지 않았다. 그리고 마지막으로, 약간의 고춧가루를 넣어 맵지만 기름에 튀기지 않아 담백한 토르티야 칩도 한 봉지 샀다. 우리나라 떡집에서 가래떡을 뽑듯, 직접 반죽해 구워 파는 가게 앞에서 계속 통통 구워지는 토르티야를 바라보며 방금 구운 칩을 사는 기분은 감동이었다.

단순하게, 너무나 단순하게 기분이 좋아진다. 이런 풍경 때문에 여행하는구나 싶은 생각이 들고 힘이 났다. 여기 멕시코, 왠지 계속 즐겁기만 할 것 같다.

별이 빛나는 밤의 구슬픈
기타 소리

　메리다에서 머문 '노마다스 호스텔(Nomadas hostel)'은 내가 묵었던 그 어떤 곳보다 훌륭했다. 유럽과 칠레, 아르헨티나를 통틀어도 하루 8천 원대 가격에 아침밥이 포함되어 있는 데다 이처럼 굉장한 시설을 갖춘 곳은 찾아보기 힘들 정도다. 멕시코의 전통 가옥처럼 정원이 있고, 건물 안의 천장이 높았으며, 침대 사이의 간격은 상상을 초월할 만큼 넓었다. 퀸 사이즈 정도 되는 침대에 천장에도 실링팬이 달려 있지만 개인용 선풍기와 로커가 바로 침대 옆에 있다는 사실에 감탄했다. 게다가 침대마다 달려 있는 개인 독서등이며 무선 인터넷, 심지어 부엌까지도 청결했다. 청소도, 화장실도, 샤워실도 모든 게 완벽했다. 뿐만 아니라 저녁 7시에는 무료 살사 레슨도 있었다.

　살인적인 더위를 피해 아침 일찍 시내 한 바퀴 돌고, 시장에서 식량을 사 들고 1시쯤 돌아오면 다른 친구들도 더위를 피해 호스텔로 돌아와 있다. 샤워를 하고, 선풍기 틀어놓고 이야기하다가 모두들 낮잠을 잔다. 물론 나도 열심히 존다.

　다시 저녁이 되면 일어나 책을 보거나 글을 쓰다가, 맥주를 한잔 마시면서 정원에 앉아 '트로바(Trova)' 연주를 들었다. 이 공연 역시 호스텔에서 저녁마다 살사 클래스가 끝나면 시작한다. 기타 하나로 한 시간 반 동안 노래하는 아저씨의 실력은 대단했다. 저음과 고음을 자유롭게 넘나드는 감미로운 목소리에 기타 실력까지 출중했다. 그래서 메리다에 머무는 동안 하루도 빠지지 않고 아저씨의 연주를 들었다.

꿈같은 풍경이 아닌가. 사진을 찍고, 스케치를 한다 해도 그 시간의 그 느낌을 모두 기록할 수 있을까? 밤바람에 종려나무 잎이 흔들리는 시간, 모두들 술잔을 앞에 두고 그의 노래에 귀를 기울인다. 가늘게 이어지는 가성과 마음까지 튕겨지는 듯 맑은 기타 소리. 별까지 쏟아질 듯 반짝이고, 슬픈 노래에 저절로 나오는 한숨을 가리려고 술을 마신다. 그렇게 다들 조금씩 취해가며 계속해서 흐르는 슬픈 노래를 완전히 이해한다.

음악이란 그런 거다. 말해본 적 없는 언어가 흘러도 슬픈지 행복한지 다 알 수 있다. 그 순간 완전히 감정이 이입되어 잊고 있던 스페인어도 들리기 시작한다.

Necesito olvidar

잊어야만 해.

24시간의 버스 여행

여행 중간중간에 힘든 일들이 많았지만 메리다에서 오아하카(Oaxaca)까지 가는 24시간의 버스 여행은 정말 끔찍했다. 추위와 소음 같은 것들과 싸우며 일등 버스에서 보낸 24시간이라니.

쾌적했던 아르헨티나에서의 버스 여행을 생각한 내 실수였다. 멕시코에서 야간 버스를 타고 이동할 계획이 있다면 반드시 옷을 두껍게 입거나 담요를 준비하길. 버스에는 담요 한 장 비치되어 있지 않고, 에어컨을 줄여달라고 말하는 사람은 아무도 없다. 게다가 에어컨을 아주 세게 튼다. 마치 이 정도 등급의 버스를 탔으면 당연히 강하게 냉방을 하고 즐겨야 한다는 듯이. 버스에 탄 사람들은 모두 보따리에서 판초나 준비해온 이불을 꺼낸다. 여행 루트를 짤 때 추운 곳이 없어 후드 티 정도가 제일 두꺼운 옷이었던 나는 정말 제대로 고생했다.

이런 일등 버스를 탈 때 준비하면 좋을 또 하나는 안대나 귀마개다. 영화 서비스를 해주는 것까지는 좋은데, 각자에게 이어폰까지 제공하는 것은 최고 등급 버스인 'UNO' 뿐이고 나머지는 그저 '크게' 튼다. 야간이라고 해서 잠자는 사람을 배려하는 법도 없다. 더욱이 멕시코 사람들은 공포 영화나 기관총, 폭력물, 격투기 관련 영화를 굉장히 좋아하기 때문에 소리

가 엄청 시끄러운 것은 당연지사. MP3를 충전하지 못한 탓에 음악도 못 듣고, 무방비 상태로 그 소음들에 노출되어 있으려니 나중에는 살짝 정신 이 나가는 느낌까지 들었다.

그런데 친절한 기사가 한국 여자가 버스에 타서 한국 영화를 가져왔으 니 운전석 옆에서 보라며 새벽 1시쯤 깨운다. 너무 추워 잠도 안 오는 터 라, 고마운 마음으로 틀었는데 버스 밖으로 뛰어내리고 싶었다. 한국에선 개봉하지 않고 미국에서만 개봉한 듯 보이는, 태권도를 소재로 한 영화. 정말 눈 뜨고 못 봐줄 영화였다. 사람들이 한국 영화라면 다 저럴 거라 생 각할까 싶어 공포스러울 정도였다. 뿐만 아니라 자막도 없이 스페인어로 더빙되어 있는 영화였다. 전원주 아줌마도 스페인어를 하고, 격투장에서 쓰러진 아빠를 보며 어린 딸은 스페인어로 계속 울어댔다. 아이고, 맙소 사! 그런데 여행지에서 ADO 버스로 이동한 친구들은 하나같이 그 이상한 한국 영화에 관해 물어왔다.

"그 영화 아니? 막판에 스티븐 시걸이 딱 1초 나오는 태권도 영화 말이 야. 어휴! 끔찍해!"

그날 이후 버스를 타면 항상 귀마개를 하고 눈을 감았다. 조용히 여행할 권리, 창밖의 풍경을 보며 감상에 빠지는, 너무나 당연한 일이 멕시코에서 는 조금 불가능하다.

여기! 오아하카

냉동 버스에서 내려 덜그럭거리는 몸을 추스르고 전화카드를 사서 예약해둔 호스텔로 전화를 했다. 멕시코에서의 여행 테마가 '최대한, 혼자서 고독을 즐기는 것'인 만큼 시내 중심부에 있는 호스텔이 아닌, 약간 떨어진 곳의 풍광 좋은 호스텔로 잡았다. 온 가족이 함께 운영하는 곳인데 전화하고 10분 정도 기다리니 아들이 마중을 나왔다. 10년 동안 공부하느라 미국에 살았다는 '차이'라는 이름의 그는 영어가 매우 유창했다.

차이가 직접 운전해 저렴한 가격으로 근처 관광지를 돈다기에 짐을 내려놓고 따라나섰다. 테킬라와 비슷하면서도 약간 다른, 이곳에서만 나는 술 '메스칼(Mezcal)'을 만드는 공장에 가서 시음도 한단다. 오아하카 주로 접어들면서 많이 보이던 메스칼 공장들이 무척 궁금했는데 잘됐다.

첫 목적지는 세상에서 가장 둘레 넓은 나무가 있는 곳, 툴레다. 우리가 오래된 나무를 신성시하고 아끼듯, 이곳 사람들도 나무 앞에 성당을 짓고, 나무를 열심히 보호하고 있었다. 내 카메라에는 다 들어가지도 않을 만큼 크다. 지름 10미터에 둘레가 54미터라니, 정말 어마어마한 크기가 아닐 수 없다. 게다가 수령은 2천 년 정도라니. 한국에 있을 때 자주 가서 보곤 했던 용문사 은행나무도 천1백 년 정도이니 이건 여간 오래된 나무가 아닌 셈이다. 무엇보다 나무는 매우 건강해 보였다.

 툴레를 떠나 황무지 가운데로 나 있는 고속도로를 달리다 멈춘 곳은 메스칼 공장이었다. 테킬라처럼 용설란을 이용하지만 용설란 종류가 워낙 많아 지역마다 다른 용설란으로 만든 술에 테킬라니 메스칼이니 하는 이름을 붙인다고 한다.

 나를 안내하던 차이는 할리스코의 테킬라 제조업자들이 이곳의 용설란들을 사서 테킬라를 만들고 있다며 불만을 터뜨렸다. 그건 테킬라라고 부르면 안 된다며 울분을 토한다. 더구나 코카콜라에서 메스칼 공장을 지어 엄청난 양을 대량 생산하고 있단다.

 술을 만들기 위한 용설란이 다 자라려면 8~10년이나 걸리는데 그 많은 양의 술을 만들 열매들은 도대체 어디서 나오는 걸까? 전통 장인처럼 소량의 메스칼을 만들어온 사람들은 당연히 술의 질과 맛이 떨어져 자신들이 공들여 만드는 술마저 평판을 잃게 될까 봐 다들 걱정이 많다고 한다.

 숙성 연도에 따라 조금씩 다른 맛의 메스칼과, 커피며 라즈베리 시럽을

오아하카에서의 첫 관광은 술 공장 견학!
데킬라나 메스칼이나 술을 풀 때는 조흥박으로.

넣은 것들까지 열 잔쯤 마셔보았는데 테킬라보다는 조금 더 부드러운 느낌이다. 밤새 버스에서 떠느라 남아 있던 몸의 냉기가 말끔히 사라졌다. 마음 같아서는 좀 더 머물면서 한 잔씩 더 하고 싶었지만 내일 돌아가는 사람들이 쇼핑을 하러 가야 한다기에 미틀라(Mitla) 유적지로 향했다.

케사디야로 간단히 점심을 먹고 유적지를 한 바퀴 돌았다. 나이 많은 할아버지가 안내하는, 무덤과 제사를 드리는 광장들로 이루어진 신전. 기원후 200년부터 계속 진행되어오다가 스페인이 점령하면서부터 입구를 성당으로 막고, 일부를 파손하거나 전혀 보존하지 않고 있는 상황이란다. 점점 낙후되어가는 이곳을 지키는 이들은 관광객에게 유적을 설명하는 자원봉사 할아버지들뿐이다. 관광객을 유치하는 일임에도 지역에서 전혀 지원해주질 않는다고 했다.

남과 여, 불과 물, 사계절 등 우주의 흐름에 기초해 만든 광장과 벽을 장식한 기하학 문양들, 그리고 이곳을 드나드는 사제들끼리 소통하는 방식으로 사용했다는 알아볼 수 없는 그림문자까지. 이런 아름다운 곳을 유지

하기 위한 지원이 그토록 소홀하다니 믿기 어려웠다.

멕시코에서 민속 공예품이 가장 발달했다는 이곳 오아하카에선 선인장
에 연지벌레를 키워 얻어내는 '코치닐(Cochineal)' 염료로 염색한 실로 짠
카펫이나 깔개가 특히 유명하다. 작은 공방에 들어가 그것들이 만들어지
는 과정을 구경했다. 선인장에 자라는 벌레와 따서 굳힌 뒤의 모습, 양털
을 빗어 물레에서 실을 뽑는 모습, 으깨어 식초나 레몬 즙을 넣고 각각 다
른 색을 만드는 모습, 베틀에 실을 넣어 짜는 모습까지. 천연 재료를 사용
해 염색하는 실은 같은 빛깔이 두 번 나오기 힘들단다. 그게 진짜 천연염
료의 매력이겠지.

양모를 빗고, 베틀을 짜고, 염색하는 모습을 보니 대학 시절이 생각난
다. 지금 생각해보면…… 앞치마를 두른 채 재료를 섞어 끓이고, 솥 앞을
왔다 갔다 하던 내 모습은 요리랑 참 많이 닮았다.

염색 공방의 안주인은 일주일 동안 공방 식구들이 먹을 오아하카식의
아주 커다란 토르티야인 '트라유다(Tlayuda)'를 굽고 있었다. 직접 가루를
밀어 반죽해서 누름판에 넣어 납작하게 만든 다음, 철판에 구워낸다. 이
공방에서는 천연 염색도 그렇지만 틀라유다도 직접 손으로 일일이 만들어
굽는다고 한다. 한 번에 몇 장 정도 굽느냐는 내 질문에 안주인은 5백 장
정도 굽는다고 대답한다. 장난이 아니잖아! 라는 표정을 짓는 나에게 아무
것도 아니라며 해맑게 웃어 보인다.

문득 토르티야 굽는 구역이 그녀의 작업실 같다는 생각이 들었다. 철판
이 올려 있는 나무 화덕은 염색 장인인 그녀의 남편이 직접 만들어준 것이
라 했다. 한옆으로는 작은 물탱크를 달아 나무 화덕의 열기에 물이 저절로
데워질 수 있도록 만들었다. 뜨거운 물로 그릇을 닦는 것은 식수 오염이

심각한 멕시코에서는 굉장히 중요한 일이다.

　나무 화덕도 아름다웠지만 그녀의 남편이 직접 그림을 그려줬다는 맷돌에 반해버렸다. 반복적이고 힘든 살림을 즐겁게 만드는 방법을 알고 있는 듯한 그들의 모습이 부러우면서 한편으론 질투가 났다. 나도 내 솥에, 내 도마에 그림 한 자락 그려놓으면 그녀처럼 밝게 웃으면서 일할 수 있을까? 아니야. 일단 이렇게 조용하고 아기자기한 부엌에다, 내 옆에서 조용히 제 할 일을 하고 있는 다정한 누군가가 있어야 할 텐데.

백 퍼센트 옥수숫 가루로 직접 반죽해 만든
토르티야에 죽죽 늘어나는 치즈와
달착지근한 호박꽃. 질감, 맛, 색 모두 최고다.

재클린과 블랑카

재클린은 메리다의 시골집에 사는 뉴멕시코의 은퇴한 영어 선생이고, 오아하카에서 만난 블랑카는 로스앤젤레스에 사는, 특수교육 전문학교에서 비서로 일하는 할머니다.

같은 방에서 묵고 있던 재클린은 그 이름처럼 우아하고 고왔다. 영어 선생답게 천천히, 완벽하게 문장을 만들어 말을 하고, 탄수화물은 웬만해선 먹지 않으며 고기보다는 채식과 과일을 즐기고, 외출할 때는 언제나 양산을 펼쳤다. 배낭여행을 하는 분이 양산이라니.

양산을 보자 양산 없이는 절대 집 밖으로 나가지 않는 엄마가 떠올랐다. 재클린의 말로는 배낭여행하는 사람 중에 수놓은 손수건을 가지고 다니는 사람은 자기 혼자일 거란다.

그녀와 머무는 3일 동안 함께 시장에 가서 토르티야 수프도 사 먹고, 동네 극장에서 시민들을 위해 싼값에 공연하는 발레 탱고를 보러 가기도 했다. 중심을 못 잡고 부들부들 떨고 있는 발레리나들을 보며 웃음을 참고 참다가 둘 다 극장을 나오자마자 얼마나 웃었는지. 너무 웃어서 기력이 달린다며 핫도그를 사 먹으러 가자는 말에 나는 다시 한번 웃고 말았다. 탄수화물이랑 인스턴트는 안 드신다더니…….

무엇보다 그녀가 캄페체(Campeche)로 떠나기 전날, 트로바 연주를 들으며 이런저런 인생 이야기들을 나눌 수 있어 좋았다. 어렸을 때 젊은 기타리스트와 사랑에 빠져 충동적으로 결혼했다가 이혼하고, 평범한 직장인과 결혼했지만 결혼 후 25년 뒤에야 남편이 꾸준히 만나온 다른 여자가 있다는 걸 알게 되었단다. 그래도 아들이 다 자라서 떠나고 나면 헤어져야겠다 생각하며 시간을 흘려보냈다고 한다.

학교에서 아이들을 가르치며 살아온 그녀는 은퇴 후 멕시코나 다른 곳을 여행하며 지내고 싶어했지만 세일즈맨으로 살아온 그녀의 남편은 산속에 통나무집을 짓고 은둔하는 것을 좋아했단다. 시내로 나왔다가 집에 가려면 두어 시간쯤 들어가야 하는 외길에 밤이면 운전하는 차 앞으로 사슴

과 여우가 뛰어들기도 하는 깊은 시골이 얼마나 답답한지를 끝없이 이야기하던 그녀. 그러던 차에 칠레로 일하러 간 아들이 갑자기 결혼했다고 통보하더니 자신의 아내가 불편해한다며 일방적으로 연락을 끊더란다.

그길로 그녀는 배낭을 꾸려 멕시코로 넘어와서는 평소 살고 싶었던 유카탄 반도의 도시들을 돌아다니고 있다. 이곳에 자리 잡고 영어 선생이나 해볼까 생각하던 차에, 메리다에서 갑자기 발가락에 상처가 나 2주일 정도 머물고 있는 중이란다.

"늦지 않았다고 생각될 때 남은 시간을 온전히 내 것으로 만들어야 해.

그러기에도 너무 짧아. 결혼하지 말라는 건 아니지만, 너무 일찍 할 필요도 없어. 그리고 나중에 나처럼 홀로 떠나와서 남은 인생을 어찌 살지 계획하는 것을 절대 두려워하지 마. 혼자 나온다고 해서 반드시 이혼 서류에 도장 찍고, 싸우고 그럴 생각은 없어. 같이 있어도 아무 감정도 안 생기는 나이라면 각자 살아도 되잖아. 나도 이젠 나 스스로 혼자 얽매이는 거 없이 살 수 있을 것 같아서, 망설이지 않고 떠나온 거라고."

블랑카도 재클린과 마찬가지로 은퇴 후에 오아하카에서 여생을 보낼 계획을 가진 사람이다. 멕시코에서 태어나 미국에서 자랐지만 스페인어가 유창하다. 손톱을 길게 기르고, 길거리의 장신구 파는 사람들에게 늘 깜빡 넘어가 팔찌나 목걸이를 사고 마는, 꾸미기 좋아하는 할머니다.

그녀와 함께 메스칼을 마시면서 역시 가족 이야기를 들을 수 있었다. 그녀는 둘째 아이를 출산한 후, 심각한 산후 우울증에 시달려 낳은 아기를 제대로 건사할 수도 없었다. 우울증이 너무 길어져 이혼했는데 그래서인지 둘째 아이는 엄마의 존재 자체를 거부했다. 그 아이가 서른이 넘어 결혼을 하고 애도 낳았지만 엄마에 대한 증오는 사라지지 않는 것 같아 마음이 아프다고 했다. 여행 내내 그녀는 손자와 손녀의 선물을 이것저것 챙겼다. 언젠가는 전해줄 날이 올 거라면서.

결혼하고 아이를 낳아, 손자까지 본 지금도 역시 가끔 의문이 든다고 한다. 내가 결혼하지 않았더라면, 아이를 낳지 않았더라면, 우울증에 걸리지 않았더라면 무엇이 달라졌을까 하고. 하지만 과거의 일들을 두고 생각해봤자 다시 돌아갈 순 없다는 것. 현명하게 나이 먹는 방법은 조금 더 빨리 포기하고, 정리하고, 털어내는 법을 배우는 것 같다고…… 조용조용 이야기를 이어간다.

여행에서 만난 두 여인은 나에게 가족이 무엇인지, 사는 것이 무엇인지 조금 일찍 생각해볼 기회를 주었다. 정답이 아닌, 그저 생각해볼 기회를 말이다. 둘 다 어떻게 살았으면 좀 더 나았을 텐데, 라고 생각하지만 머물러 있기보다는 남은 시간을 잘 보낼 방법을 찾아 떠난 용기 있는 사람들이었다. 그래, 그럴 것이다. 어떻게 살아야 한다, 라는 답은 은하계를 다 뒤져도 나오지 않을 게 분명하다.

볼랑카와 앰생 공방에 놀러 간 날
손자들의 선물을 잔뜩 사서 정성껏
포장하던 모습이 지금도 기억난다.

유재석 씨, 미안해요.

오아하카의 명물 차풀린, 아니 '차풀리네스(Chapulines)'는 메뚜기 튀김이다. 얼마나 맛있는지 한번 먹어본 사람은 오아하카로 되돌아올 수밖에 없다고들 하는, 이곳의 명물 음식이다. 어쭙잖은 발음으로 차풀린을 먹어 보려 한다고 했더니 다들 '차풀린'이 아니라 '차풀리네스'라고 해야 한단다. 한 마리씩은 팔지도 않는 데다 일단 먹기 시작하면 여러 마리를 먹게된다고 한다. 우리나라 사람들 대부분이 그렇듯, 식용 벌레를 먹어본 경험은 나도 번데기가 전부다. 어쨌든 일요일 10시부터 가게들이 문을 연다고해서 9시 반에 숙소에서 출발했다. 메뚜기 튀김을 먹으러.

멕시코의 어느 도시든 중앙광장인 소칼로를 중심으로 시장과 카페, 레스토랑과 성당들이 모여 있다. 오아하카에서는 그중 세 개의 시장이 가장유명하다. 가장 큰 규모의 '메르카도 데 아바스토스(Mercado de Abastos)'인데 다른 지역에서 물건들이 올라오는 도매시장인 아바스토스는 중심부에서 좀 떨어져 있다. 두 번째는 오아하카 출신 멕시코 대통령 베니토 후아레스의 이름을 딴 '메르카도 후아레스(Mercado Juarez)'로 음식 재료부터 다양한 민예품, 구두 등을 팔고, 차풀리네스도 판다. 오아하카 특유의피자 스타일 토르티야인 '틀라유다'를 비롯해 죽죽 잘 늘어나는 오아하카특유의 염소 치즈 '케시요(Quesillo)'도 여기저기 늘어놓고 판다. 물론 숯

불에 구워 말린 칠리들도.

어쨌든 시장 입구가 여러 개여서 헤매지 않을까 걱정했는데 다행히 메뚜기 튀김은 입구에서 팔고 있었다. 총각이 파는 메뚜기 스탠드 하나와 아주머니가 파는 메뚜기 스탠드 두 개가 보인다. 나중에 지역 사람들에게 들어보니 시장 안에 들어가면 조용히 쭈그려 앉아 작은 컵에 담아 파는 할머니를 만날 수 있는데, 그 할머니 것이 가장 '신선'하단다.

사실은 이렇게 다양한 크기의 메뚜기들이 이 세상에 존재한다는 것을 몰랐다. 사진을 찍고 구경을 하면서 어느 것이 가장 맛있는지, 어떤 식으로 잡는지에 대해 물어봤다. 조금 큰 녀석들은 손으로 잡고, 아주 작은 아기 메뚜기들은—정말 '아기'라는 호칭을 쓰고 있었다. 불쌍한 것들—그물을 이용해 훑어서 잡는다고 한다.

이렇게 잡은 메뚜기들은 바로 튀겨서 여러 가지 칠리 파우더와 라임 주스를 뿌려 간을 한다. 메뚜기 파는 총각이 종류별로 시식해보라며 손에 덜어주기도 하고, 가까이서 사진을 찍으려 하자 반대편에서 찍어야 한다며 앵글을 잡아주기도 한다.

레몬과 소금만 뿌린 녀석으로 아주 조금만 샀다. 1달러 못 되는 가격이다. 거기다 인심 좋은 그가 칠리 뿌린 녀석을 조금 더 주었다. 맛은 물론 짭짤하고, 바삭하고, 브라질에서 먹었던 마른 새우의 뒷맛과 비슷한데 다리와 몸통의 맛이 다르게 느껴진다. 물론 씹히는 맛도 다리와 몸통이 제각각 다르다.

시장을 떠나며 우리나라의 유명한 연예인 별명이 메뚜기인데 여기 오면 안 되겠다고 했더니, 다들 웃는다.

"그 사람은 오아하카 길거리를 지나다니면 안 될 거야. 우리가 잡으려고 비닐봉지를 들고 덤빌지도 모르니까."

돌아오는 차 안에서 운전사 아저씨가 코를 킁킁거리며 메뚜기 샀냐고 물으시기에 한두 마리 집어주었다. 큰 메뚜기는 먹는 방법이 있는데, 먼저 다리를 떼어 따로 먹고 그다음에 통째로 넣고 씹는 거란다. 다리에 즙이 많다나.

호스텔로 돌아와 부엌에서 일하는 사람들을 위해 한 접시 덜어주고, 드디어 술과 함께 맛본다. 차풀리네스를 먹을 때, 맥주에는 라임을 아주 많이 넣어야 맛이 어울린다. 그러고 보면 나도 메뚜기 튀김을 꽤나 즐기는 듯하다. 유재석 씨한테는 좀 미안한 일이지만.

양념해 볶은 메뚜기와 맥주는 환상의 궁합!
다음번에는 꼭 작은 메뚜기로 먹어봐야지!

여행이 끝나면……

이곳의 저녁은 무척 신기하다. 해 질 무렵, 그네에 앉아 있으면 이상하게 지나온 세월이 파노라마처럼 줄줄이 펼쳐진다. 마치 베틀로 짜놓은 천처럼, 꼭 그렇게.

어디선가 기타 소리나 노랫소리가 조그맣게 들리고, 앞이 안 보이는 밤 공기 속에서 그저 숨을 죽인 채 바람이 지나가는 방향에 맞춰 이리저리 흔들릴 뿐이다. 앞이 안 보이고, 흔들리는 대로 흔들린다니…… 지금 내가 살고 있는 이 시간과 너무 닮았다.

산다는 것, 누군가를 사랑한다는 것. 이 모든 것이 실로 은유의 잔치다. 굴러가는 돌, 하늘 위로 스치는 구름, 아침 스크램블드 에그 위의 양파 조각에도, 시장에서 콩 고르는 할머니의 손길에서도 누군가를 생각하고, 무언가를 발견하고, 뜻을 발라낸다. 걸음마다 무언가를 느끼고 감탄하는 순간도 있지만 가끔은 그 감탄들이 모여 피곤함으로 이어지기도 한다. 그래서 그저 무덤덤해지고 싶기도 한 것. 그것이 삶이 아닌가.

우리 이모 둘은 동네에서 알아주는 베짜기 선수였다고 한다. 우리나라의 명주나 모시가 그렇듯, 패턴 없이 한 가지 색으로 짜고, 좋다 싫다 생각할 겨를도 없이 저절로 익히면서 기계적으로 짰던 것처럼 무채색으로 흘러가듯 저항 없이 살아가는 이곳 여인네들의 인생도 우리와 많이 닮았다.

여행이 끝나면,
나는 지금과는 완전히 다른 사람이 되어 있을지도 모르겠다.

대학 시절에 직조실에서 베를 짜본 일이 있다. 그때 직조를 가르쳐주던 교수님께서 늘 이런 말씀을 하셨다. 실을 푸는 것과 베틀로 천을 짜는 건 인생과 참 닮았다고.

그때는 그 말이 왜 그렇게 짜증스럽게 들렸는지 모른다. 인생을 겨우 천 조각과 닮았다고 비유하는 것이 우스웠던 까닭인지도 모른다. 혹은 기계에 일일이 실을 꿰어 짜는 것보다는 닥나무를 두들겨 삶아 일일이 때려 펴고 걸러서 종이를 만들고, 바느질을 하고, 손톱 사이사이 배어든 물이 몇 달씩 갈 정도로 천을 염색하고 쪄내던 것이 내 성질에 더 맞았기 때문인지도 모른다.

온통 산으로 둘러싸인 오아하카. 밤바람이 기분 좋게 불고 있는 그곳에 앉아 문득 내가 만들었던 천들 그리고 나의 지난 시간들을 돌이켜본다. 물론 그리 예쁘지만은 않다. 오히려 어이없는 면이 더 많다. 언제나 무언가를 계획하고 살아왔음에도 항상 달라지는 패턴과 쉽게 뒤틀리곤 하던 형

태들이 눈에 가물가물하다. 그냥 빨리 짜버리고 말 것을. 맞지 않는 실, 굵기가 다른 실들이 얽혀 참으로 생경한 결과를 낳았다. 하지만 이제는 돌아갈 수 없고, 풀어버릴 수도 없다.

그 모든 것을 실수라고, 잘못이라고만 할 수 있을까. 마음에 안 든다고, 벗어나고 싶다고, 가위로 끊어버려야 할까? 보기 싫다고 벽장 속에 처박아야 할까? 그래도 묵묵히, 모양을 갖출 때까지 계속해야 할지 아니면 그만둬야 하는 것인지.

내 인생…… 지금은 그저 바라보는 상태인 것 같다. 어떻게 헤쳐가야 좋을지 아무것도 알 수 없는 상태다.

좀 더 여유롭게 많이 웃고, 굳이 말하거나 표현하지 않아도 나의 깊이를 보여줄 수 있는 품 넓은 사람이 되고 싶다. 여행이 끝난 뒤, 나는 완전히 다른 사람이 되어 있을지도 모르겠다. 사실은 이 모든 변화 속에서도 움직이지 않는 어떤 마음 한 자락 때문에 지독하게 아프고, 외롭고, 먹먹하거나 또한 미치도록 행복하다.

상처를 치료하기 위해서는 딱지를 들어내고, 약을 바르고, 새 공기를 쐬어줘야 하는 법인데…… 난 지금 그 아픈 과정 한가운데서 끙끙 앓고 있다.

훌리 아줌마와
요리하기!

호스텔의 안주인인 훌리(July) 아줌마는 왼팔 하나밖에 없는 여장부다. 호스텔에 묵는 모두를 아들딸처럼 여기는, 전형적인 멕시코 아줌마. 대가족을 거느린 멕시코 아줌마들이 대개 그렇듯, 요리 솜씨도 굉장하다. 그녀의 아들 차이는 꽤 진지한 얼굴로 "우리 엄마, 요리책을 내면 한국에서도 팔릴까?" 하고 물어오기도 했다.

이 집에는 아들 둘, 딸 하나를 모두 키워낸 유모와 두 명의 메이드가 있는데 훌리 아줌마 없이는 일이 돌아가지 않는다는 게 한눈에 보인다. 외팔이인 그녀가 샌드위치를 썰고, 운전을 하고, 수영장에 떠 있는 낙엽과 벌레들을 건져내는 것은 물론, 바느질까지 하는 것을 본 뒤로는 정말이지 두 손 두 발 다 들었다.

아줌마와 가족들에게 아예 요리 작가라고 탁 털어놓고 말하니 부엌 출입이 훨씬 자유스러워졌다. 손님들이 주문하는 요리를 만들 때, 내 방까지 와서 지금 뭘 만드는 중이니 사진 찍으라며 알려주고, 장을 봐와서는 재료들을 하나하나 짚어가며 어디에 쓰는 건지도 알려주었다. 내 컨디션이 안 좋아 보이면, 박하

잎을 넣은 파스타 수프를 끓여주기도 하고, 상인들과 재료에 관한 이야기를 나누기 위해 단골 가게에 장 보러 갈 때 나를 데려가기도 했다.

오아하카에 머무는 동안 아침밥은 꼭 호스텔에서 먹었다. 오믈렛과 케사디야, 가끔은 핫 초콜릿이 나왔다. 외팔이 아주머니가 혼자 요리하고 있는 걸 보면 나도 모르게 부엌으로 몸을 날려 아보카도를 썰거나 양파 껍질을 벗겨주게 된다. 나중에 안 일이지만, 그녀의 오른팔은 날 때부터 없었던 것이 아니라, 사고로 잃은 것이란다. 그런데도 정상적인 사람들보다 더 살림을 잘하게 되기까지, 본인 스스로 외팔에 익숙해지기까지 그녀는 얼마나 힘들었을까.

부엌을 기웃거리는 나를 위해 멕시코 전통 요리인 몰레(Mole) 중에서도 가장 만들기 힘들다는 '에스토파도(Estofado)'를 무려 이틀에 걸쳐 만들어주었을 때는 정말이지 감격해서 눈물이 났다. 게다가 그녀는 친절하게 레서피를 적어주기까지 했다. 오래오래 간직해야지.

치즈 샌드위치, 민트 파스타 수프, 감자 호박잎 볶음.
홀리 아줌마의 부엌에서는 항상 마술이 일어난다.

나의 책이 나오면 꼭 보내주겠다는 각서를 쓰게 만들었던 귀여운 홀리 아줌마. 언젠가 아줌마의 이야기와 요리법이 실린 책이 나오면 직접 염색한 숄 하나 곁들여 보내드리고 싶다. 시장이며 딸의 집이며 하루하루 바쁘게 오가는 홀리 아줌마의 유일한 패션 아이템이라곤 어깨를 다 덮는 숄뿐이니까.

아주머니와 장 보고 돌아오는 길에 군것질 하기.
옥수수 전분으로 만든 달착지근한 디저트.

파티……
오아하카 스타일

가끔 포켓볼을 치러 올라가는 넓은 홀에서는 결혼 피로연이 열리기도 한단다. 멕시코의 파티는 대체로 시끌벅적하다는데, 이왕이면 결혼식이나 세례식 같은 일생일대의 이벤트를 구경해보고 싶었다.

고맙게도 주말 이틀 동안 연달아 파티가 열렸다. 주인집 아들의 친구 생일 파티와 주인아저씨의 생일 파티, 거기에다 부잣집 아이의 돌잔치까지. 원래는 파티를 하기 3일 전쯤 과달라하라로 넘어갈 생각이었는데 생일 파티를 함께하자는 아저씨의 꾐에 빠져 눌러앉고 말았다. 훌리 아줌마도 아저씨 생일 음식으로 초콜릿을 넣은 몰레를 만들어 먹을 예정이라고 부채질했다. 오아하카에 왔으면 꼭 먹어보아야 하는 음식이라며. 그래서 테킬라 공장 견학 가는 것을 포기하고 주말을 기다렸다.

수영장 옆에서 열리는 토요일의 파티에 차이가 나를 데리러 왔다. 호스텔에 있는 사람들은 모두 다 참석해도 된다고 했다. 밤 10시에 시작한 파티는 일단 살사 밴드의 무대로 두어 시간쯤 흥겹게 채워지더니 12시쯤엔 '마리아치(Mariachi)' 밴드가 왔다. 이곳이 아무리 시내와 조금은 동떨어진 곳이라 해도 명색이 주택가인데, 각종 관악기로 무장한 10인조 마리아치 밴드라니……. 멕시코 사람들도 놀 때는 아무 대책 없이 확실하게 즐긴다는 느낌이 들었다.

하루에 두 개의 생일 파티.
아이들을 위한 피냐타와 아저씨를 위한 쓴맛의 초콜릿 케이크.

　물론 술도 다 공짜다. 테킬라에 라임을 넣어 먹어보는 건 정말 오랜만이
라 열심히 마셨다. 그런데 아줌마들이 홀짝거리는, 레드 와인과 코카콜라
섞은 것을 맛만 본다고 3분의 1컵쯤 마셨는데, 그다음이 잘 기억나지 않는
다. 함께 술 마셨던 친구들 이야기로는, 내가 갑자기 수영장 가장자리로
올라가 일자로 걸었단다. 다들 수영장에 그대로 빠지겠거니 하고 웃고 있
는데, 중심을 잘 잡고 걸어가 내 방으로 사라졌다고 한다. 아침에 일어나
보니, 잠옷을 입은 채 제대로 자고 있었다. 내가 원래 귀소 본능이 강하다.

　다음 날, 아침부터 돌잔치 준비를 한다고 호스텔 부엌이 난리법석이었
다. 홀리 아줌마는 백 개는 됨 직한 치즈버거와 치즈 감자 프라이를 만들
고 있었고, 메이드들도 서빙하느라 정신이 없었다.

아기 돌잔치인데 케이터링도 부르고, 광대도 부르고, 구연동화하는 사람도 부르고…… 거기에다 손님도 백 명은 족히 되는 것 같았다. 초대형 케이크도 두 가지나 주문한, 그야말로 큰 파티다. 아침 10시부터 여섯 시간 정도 계속된 파티는 초대형 '피냐타(Piñata)'를 두들겨 부수는 걸로 끝이 났다. 생일 맞은 아이가 눈을 가리고 직접 깨야 하지만 돌쟁이 아이가 할 수는 없으니 다른 사람들이 대신 깼는데 쏟아지는 사탕과 장난감, 장신구들이 흥을 돋웠다.

돌잔치가 끝나고 드디어 멀리서 온 가족들과 호스텔 손님들이 함께 둘러앉아 홀리 아줌마가 어제부터 낮은 불에 뭉근히 끓여 만든 '몰레 네그로'를 먹었다. 그리고 술 대신 쌀 음료 오로차타로 건배를 했다. 초록색의 몰레는 온갖 채소와 함께 묽게 끓여 수프처럼 먹는 것이 좋지만 에스토파도와 몰레 네그로는 빽빽하게 만들어, 굽거나 찐 칠면조나 닭 가슴살 위에 얹어 소스처럼 곁들여 먹는다. 초콜릿만큼 구워서 훈제한 칠리도 충분히 들어가 꽤 매콤하다.

음식을 먹는 내내 생각했다. 요리 솜씨가 좋은 데다 인심까지 후한 홀리 아줌마를 아무래도 잊을 수 없을 것 같다고.

호스텔 주인의 장남 차이의 첫째 아들. 오늘은 날의 생일 구경하는 중이지만 피냐타가 터진 다음, 사탕을 한 바구니 가득 얻었다.

안녕, 오아하카

열흘 동안 머물렀던 오아하카의
방과도 이제 이별이다. 도미토리라
고는 하지만 넓은 방에 침대가 두
개밖에 없는, 솔직히 혼자 지내기
미안할 정도로 좋은 방이었다. 창밖
으로는 내가 좋아하는, 기왓장 얹은
지붕에 사방이 산으로 둘러싸인 오
아하카의 풍경. 규칙적으로 밥 먹

고, 햇살도 흠뻑 쬐고. 좋은 공기 덕에 아침에 재채기도 안 하고, 무척 건강
해진 느낌이다. 이곳에서의 열흘은 여행이라기보다 요양이었다고 표현하
는 게 더 맞을지도 모르겠다.

가장 좋았던 일 하나는, 호스텔 아저씨가 몰래 가져다 놓아준 책걸상이
다. 침대 위와 식당을 오가며 글 쓰는 작업을 계속하는 나를 위해 말도 없
이 준비해준 거다. 혼자 머무는 방에 앉아서 일할 수 있는 책상까지, 이건
그야말로 사치에 가깝다. 여행 중에 가져본 내 책상이라……. 삶의 흐뭇한
비밀이 하나 더 늘었다.

떠나려니 발이 안 떨어진다. 햇살 가득한 수영장, 해질녘에 오아하카 시

내를 내려다보며 천천히 타던 그네, 비 오는 날 낙숫물 떨어지는 모습을 구경하며 멍하니 앉아 있던 소파, 새로 심은 노란 데이지 꽃, 맛있는 음식으로 넘쳐나던 부엌, 친절한 주인 가족들 그리고 음식에 대해 넘치는 정열을 가진 이곳 사람들……

그리울 거야. 오아하카, 안녕! 잘 있어, 같은 이별의 말은 하지 않는 게 좋겠어.

여행 중에 나만의 책상을 가진다는 것만큼 사치스러운 일이 또 있을까?

홀리 아줌마의 멕시코 음식들,
집에서 만들어볼까?

멕시칸 핫 초콜렛

재료

다크 초콜릿 잘게 부순 것 200g, 물 650ml, 다크 코코아 파우더 2½ 테이블스푼,
백설탕 1티스푼, 시나몬 1/4티스푼

만들기

1 미리 잘 섞어둔 시나몬 가루과 물, 다크 코코아 가루를 냄비에 넣고 끓인다. (미리 물병에
넣어 힘껏 흔들어 섞어두면 더 잘 녹는다.) 펄펄 끓이기보다는 냄비 가장자리로 부글부글
하면서 김이 올라오는 정도까지만 계속 저어주면서 끓인다.

2 물이 끓으면 불을 끄고 잘게 다져놓은 초콜릿을 넣고 덩어리가 다 녹도록 저어준다. 되
도록 천천히 시간을 들여 녹인다. 다 녹으면 뚜껑을 덮고 최소한 몇 시간 또는 밤새 놓아둔
다. 시나몬 향을 진하게 만들고 싶으면 시나몬 스틱 약간을 넣어 밤새 향을 낼 것.

3 마시기 전에, 원하는 만큼의 양을 덜어 끓이지 말고 따끈할 정도로만 데워 마신다.

멕시칸 스크램블드 에그

재료

달걀 3개, 토마토 반 개, 고수 반 줌, 매운 고추 반 개, 파프리카 또는 초록 피망 한 개, 양파 반 개, 토르티야 2장, 식용유 · 소금 · 후춧가루 약간씩

만들기

1 매운 고추는 잘게, 양파와 피망, 토마토는 비슷한 크기로 잘게 깍뚝썰기를 해 놓는다. 고수는 취향에 따라 크기를 조절해 자르는데, 잘게 자를수록 향이 더 짙어진다.

2 달걀 3개에 식용유 약간, 소금, 후춧가루를 넣어 잘 젓는다.

3 프라이팬에 기름을 조금 두르고 썰어놓은 양파, 피망, 매운 고추를 볶는다. 양파가 투명해지면 토마토를 넣고 한번 뒤적거려준 다음 달걀을 넣고, 채소와 달걀이 너무 뭉치지 않도록 젓가락으로 저어가며 익혀준다.

4 마지막으로, 후춧가루를 약간만 뿌려 불에서 내린 다음 다져놓은 고수를 뿌려 마무리한다.

메르세드 시장

오아하카에서 멕시코시티로 이동하면서부터 몸이 아팠다. 아무래도 나는 이래저래 도시와 인연이 없는 모양이다. 시골로의 여행이 나의 운명인지……. 비 오는 멕시코시티는 우울했던 부에노스아이레스를 떠올리게 했다. 장마철처럼 비가 계속 내리고 돌풍까지. 게다가 좁은 방에 열 명이 자는 진짜 도미토리에 짐을 풀었다. 산소보다 이산화탄소가 더 많은 방. 또 광장과 가까워 밤새 차 경적 소리와 사람들 소리가 시끄럽게 들려온다.

오늘 아침에는 몸이 아프더라도 사람들이 꼭 봐야 한다고 이구동성으로 이야기했던 멕시코 인류학 박물관에 갔다가 '소나 로사(Zona Rosa)' 근처 여기저기를 돌아다닐 생각이었다. 그런데 생각해보면, 나는 계획 없이 이리저리 돌아다니는 걸 의외로 잘 못하는 편인 것 같다. 아무래도 루트를 짜서 움직이는 체질인 듯싶다. 하여간 일어나자마자 커피 한잔을 놓고 메일을 확인한 뒤 무작정 거리로 나섰다. 그런데 오늘이 금요일이라는 게 퍼뜩 머리에 스치고 지나갔다.

이곳은 금요일과 화요일 시장이 가장 크다. 물론 앤티크나 공예품, 민예품 같은 것들은 토요일이나 일요일이겠지만. 특히 식재료들은 주말이 시작되는 금요일에 새로운 것들이 지방에서 올라오기 때문에 가장 활기차다. 박물관은 언제든 가도 된다는 생각에 발걸음을 돌려 멕시코시티에서

가장 크다는 '메르세드 시장(Marcado Merced)'으로 간다

호스텔이 있는 소칼로 역에서 한 정거장 가서 갈아타고 한 정거장만 더 가면 되니까, 꽤 가까운 거리다. 1호선인 분홍색 라인의 역이 메르세드인데, 근처에 시장이 있어 그렇겠거니 했지만 지하철 출구가 몽땅 시장과 연결된 곳은 내가 둘러본 수많은 시장 중에서도 이곳이 처음이었다. 얼마나 큰 시장이기에……. 갑자기 심장이 두근두근한다.

막상 들어가면 어디나 늘 그렇듯, '코메도르(Comedor)'라 불리는 음식을 파는 상인들이 시장 음식인 케사디야와 타코, 엔칠라다 등을 앞에 놓고 손님을 맞는다. 하지만 그들을 재빨리 지나쳐야 시장을 제대로 구경할 수 있다.

생긴 지 50년이 되었다는 메르세드 시장은 9월 4일이 생일이다. 날짜를 수첩에 적는 나를 보며 옥수수 파는 아저씨가 그때까지 이곳에 있을 거냐고 묻는다. 그러고는 살사 밴드도 많이 오고, 굉장히 재미있다는 말로 나를 부추긴다. 아! 정말 그때까지 있고 싶다. 시장 사람들이 다 모여 노는 풍경이란 생각만 해도 즐겁지 않은가.

　매대 위에는 끝도 없는 고추의 행렬이 이어진다. 말린 것부터 작은 날것, 멕시코 특유의 훈제하거나 구워서 말린 검디검은 끈적한 고추들과 저마다 이름을 걸고 만든 각양각색의 '몰레'들. 머릿속으로만, 책으로만 보고 상상만 하던 서울 촌년은 그냥 멍하니 입 벌리고 이리저리 시장 안 골목을 누비이불 누비듯 돌아다니느라 바빴다.

　오아하카에서도 규모가 큰 도매시장급 메르카도 아바스토스에 가봤지만 여기는 뭐라고 할까? 확실히 도시 시장다운 분위기가 났다. 잘 정리된 물건들이며 사진 찍히는 것을 두려워하지 않는 상인들 그리고 자기 물건도 찍어달라며 끌고 가는 상인들까지. 생각해보니 오아하카에서는 직접 생산자들이 가지고 나와 팔거나, 대부분 할머니 할아버지들이 장사하는 탓에 카메라를 들이대기가 쉽지 않았다. 집에서 밤새 고생하며 철판에 구워왔을 게 분명한 틀라유다와 토르티야일 텐데, 사 먹지도 않으면서 사진만 찍는 일은 꽤나 힘들었다.

　다리 아픈 줄도 모르고 시장을 뱅뱅 돌며 이건 어디에 쓰는 건지 꼬치꼬치 캐묻고, 잘 써 붙여놓은 물건 이름들을 보며 이건 여기서 이렇게 부르기도 하는구나 하며 혼자 고개를 끄덕이곤 했다. 멕시코도 총각들은 수줍음이 많은 데 비해 아저씨들은 정말 친절하고 재미있다.

메르세드 시장에는 '타말레스(Tamales)'라는 멕시코 전통 요리에 쓰이는 옥수수 껍질 말린 것과 바나나 잎을 전문으로 파는 일명 '껍질 상회'들이 굉장히 많다. 여린 선인장 잎의 가시를 다듬어 파는 곳도 많았다. 선인장 요리라면 볶음 요리 정도만 먹어보았는데 이곳 가게 주인들은 누구나 수프를 추천했다.

지하철을 타러 돌아가는 길에 코메도르 거리에 있는 한 집에 못 이기는 척 끌려들어가 주린 배를 채우기 위해 '오로차타'를 주문했다. 그런데 이렇게 계량컵에 가득 주는 가게는 처음이다.

이제 멕시코에서의 일정도 3일밖에 남지 않았다. 앓아누운 며칠이 정말 아쉽다는 생각이 든다.

Samba reggae

그녀의 푸른 집

　오랜만에 화창하게 갠 일요일. 같은 방 친구들과 함께 일찌감치 코요아
칸(Coyoacan)으로 출발한다. 목표는 여성 화가 프리다 칼로(Frida Kahlo)와
디에고 리베라(Diego Rivera)가 살았던 '블루 하우스(Casa azul)'와 혁명가
레온 트로츠키(Leon Trotsky)의 생가에 갔다가 일요일마다 열리는 코요아
칸의 시장까지 둘러보고 오는 것.

　유명한 화가의 박물관임에도 지하철역에서 찾아가는 일이 너무 힘들다.
표지판 하나 세워져 있을 뿐, 지도를 안 가져갔으면 큰일 날 뻔했다. 그렇
게 도착한 블루 하우스는 과연 이름처럼 밝은 코발트블루로 칠해 있었다.
관람을 시작하기 전에 카메라를 꺼내는 내게 가이드가 다가와 정원에서만
사진 촬영이 가능하다고 알려준다. 그래서 일단 집 안으로 들어가 관람을
시작한다.

　기대한 것 이상의 감동이었다. 꼼꼼하게 구경하면 한 시간이 넘게 걸릴
정도인데 그녀의 집 안에 있는 모든 물건이 전시품이 될 수 있다 하더라도
자료의 양은 정말 엄청나다. 그리고 그녀 일생의 흐름에 맞춰 다시 디스플
레이해놓은 센스도 대단했다.

　초기 습작들은 물론, 사진사였던 아버지 덕에 어렸을 때부터 그리고 사
고 후의 모습들까지, 다양한 사진이 전시되어 있다. 그리고 그녀와 리베라

블루 하우스의 조용하고 시원한 정원.
푸른 벽 어딘가에서 프리다가
슬쩍 걸어나올 것만 같다.

의 연애편지들, 둘이 함께 읽었을 사회주의 서적들, 리베라가 벽화를 위해 그린 아이디어 스케치와 데생도 있었다.

어릴 때 끔찍한 교통사고를 당한 그녀가 거의 평생 동안 의지했을 철제 코르셋, 자주 입었던 멕시코 원주민들의 스커트와 블라우스도 전시되어 있었지만 나의 마음을 가장 건드린 것은 병원에 입원할 때마다 메모지나 책 앞뒷장에 낙서한 스케치들과 끼적거린 시(詩)들. 얼마나 아프고 외로웠을까. 신경질적으로 혹은 반복적으로 그어댄, 잘게 끊어지는 선들을 보니 마음이 아팠다.

나는 항상 이런 스케치에 감동을 받는다. '이중섭전'에서는 담뱃갑 은박지에 그려 아내에게 보낸 수많은 편지들을 보며 마음을 쓸어 내렸다. 바르셀로나 피카소 박물관에서는 피카소가 초기에 그린 소소한 그림들 역시 그가 남긴 그 어떤 대작에도 뒤지지 않는다는 것을 깨닫기도 했다.

이번에는 다시 그녀의 부엌. 이런저런 원색의 그릇과 요리 도구들을 둘러보는데 왜 눈물이 나는지 모르겠다. 오래된 솥과 질그릇, 나무 주걱과 식탁. 문득 '부엌의 솥만이 여자의 고통을 알고 있다'는 오래된 속담이 떠오른다. 물론 부엌을 보면서 눈물을 글썽이는 사람은 관람객 중 나 하나뿐일 거다.

프리다 칼로가 숨을 거둔 침대를 지나 마지막으로 간 곳은 햇살 잘 드는 아틀리에다. 물감 짜놓은 팔레트까지 그대로 보존되어 있는 그 마지막 방은 '프리다 칼로는 화가였다'라고 말하는 마무리처럼 느껴졌다.

밖으로 나와 정원의 사진을 찍고 나서 '프리다와 디에고가 1929년부터 1954년까지 이 집에서 함께 살았다(Frida y Diego vivieron en esta casa 1929~1954)'라는 벽의 글귀를 바라본다. 그래, 여긴 프리다, 그녀의 푸른 집이다.

프리다 부부와 떨어뜨려놓고 생각할 수 없는 러시아 혁명가 레온 트로츠키의 생가에도 들른다. 그의 인생을 사진으로 전시해놓은 것을 먼저 보고, 스탈린이 보낸 암살자에게 도끼로 살해당한 사무실이며 부엌까지 둘러봤다. 혁명가의 부엌, 사무실, 떠나온 고향과 완성하지 못한 혁명 그리고 배신한 사람들에 대해 생각했을 정원까지……. 시간이 멈춘 듯한 공간에서는 늘 마음이 무겁다. 특히 그것이 죽음과 연결될 때는 더더욱.

정원에 철쭉을 닮은 꽃이 큰 나무를 휘감아 올라 꽃그늘을 만들고 있다. 붉은색에 눈이 시릴 정도다. 이 혁명가의 정원에는 왜 붉은 꽃이 피어 있을까? 예술도, 혁명도 마찬가지로 시대가 흐르면서 계속 변해가는 과정에서 많은 사람이 죽고, 배신을 당했다. 그토록 많은 이들의 희생도 모자라 지금도 여전히 전쟁은 일어나고, 사람들이 죽어가고, 점점 더 많은 사람들이 허기져한다. 그럼에도 불구하고 여전히 소통은 어렵다.

불안정한 혁명의 시대, 생명의 위협을 받으면서까지 자신이 옳다고 믿는 신념을 지키며 사는 사람들의 마음은 과연 어떤 것일지 문득 궁금해진다. 추운 겨울이 지나가고, 봄에 피는 꽃을 보며 미소 지을 수 있는 마음은 다 똑같았을 텐데.

바닐라를 찾아서

어젯밤, 프리다 칼로에 대해 이야기하며 밤새도록 함께 술을 마신 같은 방 아이들이 모두 코를 골며 잠들어 있다. 그들은 오늘 오아하카, 오스트레일리아, 스위스 등 다른 목적지로 떠나기 때문에 나는 그들에게 각각 굿바이 쪽지를 적어 베개 밑에 밀어 넣어두고는 바닐라 재배지로 유명한 파판틀라(Papantla)로 떠난다.

리우데자네이루에서 등산을 하다가 잠시 초록색 바닐라빈을 본 일은 있지만, 대규모로 바닐라를 재배하는 곳은 처음이다. 세계 3대 유명 바닐라 생산지는 마다가스카르와 타히티 그리고 이곳 멕시코의 파판틀라다. 생산량은 마다가스카르에 이어 인도네시아와 중국이 상위권이다.

역사상 맨 처음으로 바닐라를 재배한 이들은 '토토낙(Totonac)' 사람들. 16세기 이후 유럽에 소개된 것도 바로 이곳 멕시코의 바닐라다. 요리를 하는 나로서는 아직 멕시코 바닐라를 사용해본 일이 없기 때문에 무척 기대된다. 바닐라가 많이 나는 곳인 만큼 농축액이며 과자, 빵들도 그만큼 발달하지 않았을까?

파판틀라까지는 멕시코시티에서 다섯 시간이 걸리는데 시골길로 접어들면 산 옆길을 위태롭게 기어 올라간다. 무섭지만 안개 가득 낀 산의 경치는 그야말로 최고, 독수리도 낮게 날아다닌다. 그런데 갈수록 점점 흐려

지는 날씨에 약간 불안해진다. 비가 오면 이런 산길은 정말 위험하니까.

파판틀라에 도착했을 때는 하필이면 가장 더운 2시 반. 물론 이렇게 더워야 정글의 바닐라가 쑥쑥 자라겠지만 이렇게 습도가 높아서야 제대로 숨쉬기도 힘들다. 게다가 소칼로 광장 옆의 시장 가는 길이 전부 오르막이라 한숨이 절로 나왔다.

투어리스트 인포메이션은 물론이고, 영어를 할 줄 아는 사람 한 명 보이질 않는다. 시장까지는 어찌어찌 도착했는데 바닐라 농장에는 어떻게 가야 하는지 도무지 알 수가 없다. 아무리 손짓 발짓 다 해봐도 모두들 못 알아듣는 눈치. 다행히 호스텔을 운영한다는 아저씨를 만났는데 그가 이렇게 말한다. 보통 농장 견학은 개인이 움직이기보다 호텔에서 예약을 해주고, 아침 일찍 출발한다고. 하루쯤 머물면서 농장을 구경하면 좋겠지만, 모레 새벽엔 페루로 가야 하기 때문에 아쉬운 대로 시장 구경을 하기로 했다.

시장으로 들어가보니 바닐라 관련 물품이 꽤 많다. 바닐라빈 말린 것과 엑스트랙, 술도 팔지만 바닐라빈 말린 것으로 만든 엉뚱한 물건도 있다. 십자가와 꽃, 귀고리와 팔찌 같은 장식품까지 있을 정도. 바닐라를 파는 상인들은 바닐라를 신령한 나무로 여겨, 바닐라 화분을 가게 구석에 신주 단지처럼 모셔두고 있었다.

그렇게 시장과 광장을 두어 시간쯤 돌아다니다가 버스 터미널로 돌아왔는데 시간표를 미리 알아보지 않고 간 게 실수였다. 다음 버스는 저녁 8시에나 있단다. 그래서 도시로 나가는 버스가 조금 더 자주 있다는 포사리카(Posa Rica)로 서둘러 떠났다. 헐레벌떡 도착했는데도 7시 15분에 떠나는 버스란다. 그렇게 세 시간을 기다려 버스를 타고 새벽 2시에 다시 멕시코시티에 도착.

쳇! 하루 종일 차 안에서만 시간을 보내고, 바닐라는 구경도 못했네.

바닐라를 꼬아서 만든 십자가.
아무리 바닐라 마을이라지만 너무 황당한 기념품이다.

소통에 관하여

문득 메일로 이야기하고 싶지 않아졌습니다.

핸드폰으로, 이메일로…….

떨어져 있는 시간에는 인간이 발명한 기계들에 의존해

간단히 이야기를 나누고 안부를 확인하지요.

하지만 그것으로 과연 소통이 되는 것인지 계속 의문이 듭니다.

난 당신과 어떤 소통을 바라고 있는 걸까요,

나는 당신을 향해 무언가 제대로 말하고 있기는 한 걸까요?

솔직해지고 싶은, 아니 솔직하다고 생각하는 내 마음과

머리나 손끝에서 나가는 글들은 사실 너무 다른 모습입니다.

설령 그 모든 것을 내가 다듬지 않고 바로 적어 보낸다 하더라도

지구 반대편의 당신은 다르게 이해하곤 해요.

내가 다시 일일이 설명한다 해도, 그 마음이 제대로 닿을 수 있을까요?

남미 그리고 이곳, 멕시코.

낮에 하늘을 올려다보면 햇살이 눈을 뚫고

밤에는 별들이 가득 쏟아집니다.

이곳의 공기와 자연들과 나무와 별과, 말 못하는 돌벽까지……

선이 굵고 진하고, 후추와 바닐라 냄새가 짙게 배어 있어요.

오래된 코코넛과 붉고 검은 흙, 이 모든 것들이 섞인,

두껍게 칠한 유화처럼 꺼끌꺼끌한 이곳의 공기.

여기서는 말이 필요 없습니다. 눈만 감으면, 다 들리고 느껴지니까요.

기타 소리가 들리고, 북소리가 심장을 두드리고,

발밑의 모래가 파도에 쓸려 지나가는 소리.

한 걸음 걸을 때마다 모래 무너지는 소리가 들리고,

달이 뜨고 비가 오고, 바람이 불고, 열매가 떨어지고,

사람들은 손을 잡지요.

이런 곳에서 쓰는 편지가, 이런 곳에서 보내는 나의 이야기가

과연 얼마나 당신에게 날것 그대로 전해질까요?

과연…… 전해질 수나 있을까요?

손으로 꼼꼼히 쓰는 편지도 아닌,

1초면 도착하는 메일에 과연 이곳의 진득한 향이 묻어날까요?

마음을 표현할 수 있는 풍경과 쓰고 싶은 글을 찾아 헤매고 돌아다니는,
손과 발에 피 맺힌 채 이 모든 세상이 움직이는 소리를 듣고 있는
나의 글을, 그 모든 시간 안에서 당신을 생각하는 내 머리와 마음을,
책상 위에 앉아 반복적으로 읽고 있을 당신은
과연 내 마음이 어떤지 알 수 있을까요?

말이 필요 없는 곳에선 말을 하지 않고 원시적으로,
인간이 만든 도구들은 통하지 않는
날것으로 이루어진 그런 소통을 하고 싶어요.
좋아하는 마음만큼의 조개껍데기를 주워 꿰고, 나무 밑에 돌을 쌓고,
얼굴에 진흙을 바르고, 웃고, 동굴 벽에 그림을 그리고,
나뭇가지로 수를 세고, 열매를 따고 강을 건너고, 소를 잡고 싶어요.

밤이 너무나 깊고 두껍습니다.
손을 들어 허공에 휘저으면 그 손길이 붓 자국이 되어 빈 공간에
그려질 정도예요. 말을 하고, 글을 쓰는 과정에서 도대체 내 진심은
얼마나 걸러지고 색을 잃고 있는 걸까요.

말이 필요 없는 곳에서, 말을 하지 않고 원시적으로,
진실된 방법으로 당신과 소통하고 싶어요.

페루

멕시코시티에서 페루의
트루히요로……

 계획했던 날짜보다 일주일 늦게 떠나는 바람에 포기했던 페루인데 부에노스아이레스에서 만난 친구 덕분에 다시 계획을 잡았다. 눈 딱 감고 비행기 표를 샀다. 이제 몇 시간 뒤면 드디어 페루로 간다. 세비체, 이카의 와인, 3천여 가지의 감자들, 산과 사막과 밀림이 골고루 펼쳐져 있는 페루를 향해.

 남미라는 대륙이 얼마나 거대한 곳인지 겪어보지 못한 사람들은 미국과 남미가 같은 아메리카 대륙이니 서로 가깝다고 착각하는데, 뉴욕에서 부에노스아이레스까지만 해도 열두 시간이 걸린다. 서울에서 런던 가는 시간과 비슷한 셈이다.

 비행기는 아침 일찍 떠난다. 전날, 파판틀라를 무리해서 다녀와 그런지 몸이 쑤시고, 간신히 가라앉은 몸살이 다시 도지는 듯해, 잠들면 못 일어날까 봐 아예 라운지에서 밤을 새웠다. 도미토리에서 알람 시계를 울리는 건 아무래도 민폐일 테니까.

 부에노스아이레스에서 파나마로 떠나던 날도 비가 퍼붓더니 멕시코시티에서 리마로 가는 새벽에도 앞이 안 보일 정도로 내린다. 너무 일찍 나와서 항공사 카운터 오픈도 안 한 것은 아닐까 걱정했는데 웬걸, 사람들이 워낙 많아 보딩 패스를 받기 위해 한 시간이 넘게 기다려야 했다.

기다리는 동안 칸쿤에서 받은 멕시코 입국증을 못 찾아 한바탕 가방을 뒤져가며 진땀을 흘렸다. 다행히 영수증 가방에 잘 넣어놓았기에 망정이지 끝내 입국증을 못 찾았다면 9시에야 공항 이민국이 문을 열 테니, 하마터면 새벽 비행기를 놓칠 뻔했다.

그런데 정말 이상한 건, 멕시코시티 공항에는 영어를 할 줄 아는 사람이 거의 없다는 것. 청소하는 아줌마까지 영어를 하는 칸쿤과 이렇게 비교되다니. 칸쿤이 아무리 관광지라곤 하지만 그래도 여기는 멕시코 수도의 국제공항이잖아.

리마까지 가는 동안, 완전히 지쳐 있던 나에게 기운을 불어넣어준 것은 비행기에서 주는 샌드위치였다. 지금까지 비행기를 꽤 타보고, 샌드위치도 많이 먹어봤지만, 이 코스타리카 항공의 크루아상 샌드위치는 정말 최고였다. 뜨거운 크루아상 샌드위치. 따뜻한 것이 아니라 뜨거웠다. 부드럽게 거품 내어 부쳐낸 달걀에는 후추와 신선한 허브가 들어 있었다. 크루아상에 달걀이라니, 조금 느끼할 것 같았는데 크루아상 표면이 바삭해 균형이 딱 맞았다. 게다가 남미를 다니는 동안 타본 비행기 중에서 가장 좌석이 넓고 깨끗했다. 샌드위치 사진을 찍어두지 않은 것을 후회하며 네 시간 동안 무척 달게 잤다.

코스타리카 공항에 내려서도 감동(?)은 계속됐다. 여전히 멍한 기분으로 갈아탈 비행기 게이트 쪽으로 가는데 예쁜 여자들이 커피를 권한다. 코스타리카가 커피로 유명한 곳이라는 것쯤은 알고 있었으나 공항에서 무료 시음회를 할 정도인 줄은 몰랐다. 물론 관광객들이 면세 구역에서 커피를 사도록 홍보하는 것이 목적이겠지만, 어쨌든 아침에 맡는 커피 향처럼 좋은 것은 없는 듯싶다.

새벽 비행기를 타느라 지친 내게 감동을 선사한
코스타리카 항공의 커피 서비스.

원두 종류별로, 브랜드별로 다양한 부스에서 시음 행사를 하고 있어 골고루 마셔볼 수 있었다. 몸의 세포 하나하나에 스며드는 듯한 커피의 맛이라니. 샌드위치에 이어 커피까지 맛보고 나니 갑자기 코스타리카에 가보고 싶다는 생각이 들었다. 샌드위치와 커피 때문에, 카페가 아닌 한 나라를 가보고 싶다니. 적어도 나에게는 코스타리카의 전략이 백 퍼센트 성공한 셈이다. 향은 좀 날아가겠지만 아빠를 위해 커피를 샀다.

리마에 도착해 짐을 찾고, 친구가 미리 알려준 대로 '크루스 델 수르(Cruz del Sur)' 버스 터미널로 간다. 트루히요에 가는 버스는 저녁 10시. 터미널에 도착하자마자 부에노스아이레스에서 만난 지영이가 달려온다. 내가 페루 어디쯤을 여행하는지는 멕시코에서부터 알고 있었고, 시간이 맞으면 리마의 버스 터미널에서 보자고 했는데 내가 도착할 시간보다 먼저 와서 기다리고 있었단다. 정말 올 줄은 몰랐는데······. 근 한 달 반 만에 보는 얼굴이지만 너무 반가웠다. 이 넓은 남미에서 '번개' 라니.

일단 화물 보관실에 짐을 맡겨두고 밀린 수다를 떨었다. 그녀에게서 볼리비아와 아르헨티나 남부를 다녀온 이야기를 들었다. 빙하에서는 정말 빙하 얼음에 위스키를 타주는지, 볼리비아에서 고산증으로 고생하지는 않았는지 등의 이야기들을.

한식을 좋아하는 지영이는 볼리비아 음식이 입에 맞고 값도 싸다며 나에게 볼리비아를 꼭 가봐야 한다고 권한다. 가보고 싶지만 볼리비아까지 이 슈트케이스를 끌고는 못 갈 것 같다. 아! 남미는 정말 배낭을 메고 와야 하는 곳인데.

길거리의 차들은 시끄럽게 빵빵거리며 지나가고, 매연이 무척 심하다. 하지만 저녁 식사로 길거리에서 파는 곱창구이를 먹기로 했다. 샌드위치며 핫도그도 있었지만 오랜만에 보는 곱창인데 그냥 지나갈 수는 없지.

가게 아주머니가 솜씨 있는 분인지 줄이 금세 길게 늘어진다. 편의점에서 산 페루 맥주 '쿠스케냐(Cuzqueña)' 도 곁들인다. 페루의 유명한 소 심장 꼬치 요리인 '안티쿠초(Anticucho)' 와 곱창 그리고 함께 구워주는, 처음 먹어보는 페루 감자. 난생처음 와보는 곳에서 친구를 만나는 것도, 길거리에서 현지인들처럼 음식을 먹는 것도 모두 처음 해보는 즐거운 경험이다.

지영이와 헤어지고 나서 트루히요로 가는 버스를 탄다. 버스 안의 불을 끄니, 당장이라도 잠들 수 있을 만큼 피곤이 몰려왔지만 친구가 부탁한 말이 생각나 계속 창밖을 내다봤다. 리마 북부 바닷가 어딘가에 정말 새들이 죽어 있는 곳이 있을까? 라는 궁금증. 물론 로맹 가리(Romain Gary)의 쓸쓸한 글 때문이겠지만. 나 역시 '피가 식기 시작해 이곳으로 날아올 힘밖에 남아 있지 않은' 새들이 모일 만큼, 정말 그렇게 쓸쓸하고 조용한 풍경인지 보고 싶었다.

이 버스 운전사는 어떻게 운전할까 궁금할 정도로, 리마를 벗어난 길에는 가로등 하나 없었다. 하지만 아무것도 안 보이는 어둠 속 너머에 오랜만에 다시 만나는 태평양이 있다는 것은 느낄 수 있었다. 검은 어둠 속에 조금씩 빛을 내며 부서지는 파도도 보인다. 하지만 그 파도 옆 모래사장에 기진해 죽어 있는 새들은 보이지 않았다.

왜 여행을 하면 할수록 아름다운 곳보다 쓸쓸하고 메마른 풍경에 마음을 더 빼앗기는지…… 그 이유를 모르겠다.

코스타리카 못난이 인형.
다음에 다시 와서 꼭 커피 농장 구경 가야지

친구를 다시 만나다

버스는 아침 8시에 도착했다. 두어 달 만에 친구 영미도 만났다. 영미는 '한국국제협력단(KOICA)'에서 파견 나온 봉사단원으로 원래 페루 남부의 이카(Ica)에서 컴퓨터 교사로 일했는데, 이카가 지진 때문에 거의 초토화되면서 이곳 트루히요로 옮겨왔다. 나와 그녀는 올봄, 휴가차 갔던 아르헨티나 여행 중 부에노스아이레스에서 만났다. 동갑인 데다 좋아하는 것이나 생각하는 것도 비슷해 금방 친해졌고, 페루 음식을 맛보러 꼭 와야 한다고 추천하는 바람에 귀가 얇은 나는 그만 이렇게 여행도 결정하고 신세도 지게 됐다.

곧 임기가 끝나는 영미가 마무리하는 보고서를 쓰고, 살림을 정리하느라 바쁜 동안 나는 멕시코에서 쌓인 여독을 풀었다. 마루에 앉아 글도 끼적거리고, 멕시코시티에서 모자랐던 잠도 푹 자고, 여행 떠나온 지 반년 만에 친구가 끓여준 감동적인 된장찌개도 먹었다. 물론 오랜만의 한식 섭취에 장운동이 너무나 활발해져 살짝 고생하

맛있는 음식들이 가득한 페루.
마음 편한 친구와 함께 있어서인지
모든 음식이 더 맛있게 느껴진다.

긴 했지만.

 페루에서 몇 년 동안 지내며 쌓은 문화적 지식이나, 생활하면서 알게 된 음식 정보를 그녀에게 많이 얻고 또 배웠다. 페루에서 원조를 맛보려고 꾹 꾹 참았던 세비체와 다양한 해산물들을 이용한 요리, 꼭 보고 싶었던 수많은 종류의 감자와 옥수수들까지. 혼자 여행하면서 가장 아쉬웠던 점이 음식 취재를 할 때 이런저런 음식들을 다 먹어보고 싶어도 혼자서 맛보는 것은 아무래도 한계가 있다는 것이었는데, 영미 덕분에 그 어떤 나라보다 더 다양하게 이곳 페루의 음식을 맛보고 기록할 수 있었다. 언제든 꼭 한 번, 내가 신세를 진 만큼 갚을 기회가 와야 할 텐데.

오래된 무덤에 사는 검은 개

시내 중심부에 있는 투어 에이전시에서 트루히요 유적지를 한 바퀴 도는 투어를 신청했다. 말도 안 될 정도로 좁은 의자가 들어찬 약간 기름 냄새 나는 버스에 전 세계에서 모인 관광객들이 함께 끼여 타고, 유네스코 문화유산에 등재되어 있을 만큼 트루히요에서 가장 유명한 '찬찬(Chan Chan)' 유적지와 한창 개발 중인 모체(Moche) 인디언 시대 달의 신전인 '우아카 데 라 루나(Huaca de la Luna)'를 보러 간다.

잉카보다 훨씬 전에 이루어진 문명이었음에도 개발을 시작한 지는 60년 정도밖에 되질 않았단다. 정보가 전혀 없는 상태에서 발굴하다 보니 오히려 훼손하는게 더 많단다. 파 내려가면 뭐가 나오겠거니 해서 팠는데 중요한 그림들이 그려져 있는 벽을 부쉈다든가 하는 웃지 못할 이야기들이 이곳 발굴 현장의 현실이다. 특히 벽에 아름다운 그림들과 패턴들을 조각해 놓은 달의 신전 같은 경우는 더더욱 발굴 작업이 더디다. 맞은편에 있는 태양의 신전은 아무래도 내가 살아 숨쉬는 동안에는 구경하지 못할 듯싶다.

찬찬은 모래로만 만든 성이다. 엘니뇨 현상으로 인해 많이 파괴되어 모래 위에 코팅제 같은 것을 조금씩 발라놓았고, 발굴과 동시에 보수 작업이 한창이다. 태평양의 파도가 언제라도 밀려와 다 휩쓸어버릴 수도 있는 터

투르히요의 달의 신전.
발굴이 다 끝나려면 몇백 년이 걸릴지 아무도 모른다.

달의 신전에서 볼 수 있는 벽의 무늬는
동양의 도깨비 무늬와 놀랄 만큼 닮았다.

라, 바다를 숭배하는 마음으로 모래벽을 그물처럼 촘촘히 장식하고, 물고기며 펠리칸 같은 것을 그려놓았다.

모래로 만든 넓디넓은 광장과 방들을 돌고 돌아 신전의 가장 안쪽 무덤에 도착했을 때, 해는 거의 저물고 매들도 낮게 날기 시작했다.

하루 종일 뜨거운 태양과 건조한 공기, 수많은 무덤과 죽어간 사람들의 이야기에 지칠 대로 지친 나머지 몸과 마음이 분리된 기분으로 간신히 땅에 버티고 서서 멍하니 가이드의 설명을 흘려듣고 있을 때 그 녀석이 나타났다.

잉카 시절부터 있었다는 털 없는 검은 개. 이곳에서 대체 얼마나 살아왔는지는 모르지만 분명 그 녀석은 해 지는 모습을 보기 위해 지금은 흔적도, 화려하고 빛나던 시절의 황금도 찾아볼 수 없는 쓸쓸한 무덤에 나타난 듯했다.

녀석은 멍하니 서서 낮게 나는 새와 해를 바라보다가 딱 한 번, 자신의 등을 바라보고 있는 나를 위해 고개를 돌려주었다.

'다 덧없어. 그렇지?'

녀석은 쓸쓸해 보이는 어깨로 나에게 말을 걸어왔다. 누군가의 뒷모습을 보는 것을 죽기보다 싫어하는 나를 위해.

살을 그을릴 만큼 뜨겁지만 결국엔 식어버리는 한낮의 태양처럼, 한때는 눈이 멀도록 찬란히 금빛으로 타올랐다 하더라도 결국에는 묻혀버리거나 도둑맞거나 다 흩어져버리는 황금 계곡의 무덤처럼, 이곳에 머물던 이가 누구인지조차 모르는 찬란한 무덤에서 빛바랜 채 뒹굴고 있는 돌들처럼…… 사람의 마음도 그러한 것을. 날려버리면 그만인 그 많은 모래알과 질기고 날카로운 햇살에 무엇 때문에 그리도 많은 이름을 붙이고, 부르고,

새기고 칠을 했을까.

영원한 것은 없다는 걸 알면서도 우리는 항상 실수를 반복한다. 어쩜 인간이 가장 인간다우면서도, 지겨우리만큼 계속 죄를 지을 수 있는 이유는 아마도 이 지독한 건망증 때문이 아닐까.

사람이 잊어버리고 싶은 것을 선택할 수 있는, 선택적 기억상실증을 선물 받는다면 나는 과연 뭘 잊게 해달라고 주문해야 할까. 잊고 싶은 것은 너무 많지만 문제는 정말 잊어야 할 것들을 반드시 잊어야 한다는 사실을 깜빡깜빡하고 자꾸 기억한다는 것. 그게 사람 기억의 몹쓸 점이다.

황량한 모래 신전 한가운데에서
갑자기 나타난 녀석은 쓸쓸해 보이는
어깨로 나에게 말을 걸어왔다.

트루히요에서의 일상

트루히요에서 가장 흔히 볼 수 있는 택시는 전부 '티코' 다. 범퍼카 경기장에서 온 것처럼 우그러지고 낡았는데 길도 백 퍼센트 포장되지 않은 이곳에서 그토록 빨리 달리는 습성이니 그렇게 우그러지는 건 당연하다. 이호전적인 티코 택시들은 과속은 물론이고, 손님을 발견하면 먼 곳에서부터 경적을 시끄럽게 울려댄다. 영미 말로는 티코에 냉장고도 싣고 간다는데 본 적은 없지만 왠지 이곳 사람들의 무대포 스타일을 떠올리면 가능할지도 모르겠다.

시내를 돌아다니다가 카페에 앉아 케이크를 사 먹으며 카푸치노를 마시는 호사를 누리기도 한다. 영미가 시내에 나올 때마다 꼭 사 먹고 들어간다는 이 케이크집은 인기가 좋은지 늘 사람도 많고, 무엇보다 케이크가 신선했다. 가게 이름은 '아마레토(Amarreto)' 다. 커피를 시키면 아마레토 쿠키가 딸려 나오는 것도 센스 만점이다.

영미가 좋아하는 케이크는 아몬드 프랄린을 넣고 구운 머랭에 크림을 발라 층층으로 쌓은 뒤 딸기를 얹은 것이고, 나는 구워서 곱게 다진 헤이즐넛과 호두를 뿌린 초콜릿 케이크인데 가나슈의 끈끈함과 약간 뻑뻑한 초콜릿 스펀지가 마음에 들었다. 시간을 두고 스펀지케이크에 초콜릿이 배어들게 해서인지 제대로 진한 맛이 난다.

커피 한잔 앞에 놓고 케이크를 먹으며 친구와 수다를 떨다 보니 여기가 페루 북부의 한 도시인지 서울인지, 영 헷갈린다.

트루히요는 가죽 제품이 유명한데 값도 비싸지 않다. 물론 섬세하게 세공한 '작품'들은 가격이 나가지만, 자잘한 라이터 케이스나 지갑 등은 그다지 비싸지 않다. 가죽보다는 실로 꼼꼼히 자수를 놓은 지갑을 사고 싶었는데 자수를 놓은 지갑은 트루히요가 아닌 아레키파(Arecipa)의 공예품이라 여기엔 아예 없거나, 있어도 지나치게 비싸다. 이런저런 공예품도 못 열었던 내 지갑을 열게 한 것은 다름 아닌 DVD. 웬만하면 정품 CD를 사야 하겠지만, 남미와 멕시코는 복사판이 넘쳐난다. 브라질 사우바도르의 '피에다지(Piedade)' 거리에서 내놓고 파는 복사판 DVD와 MP3 모음집 규모도 엄청난데, 이곳 트루히요도 미친가지다. 한 DVD 가게는 주로 콘서

트 실황을 팔고 있다. 그런데 내용이 정말 장난이 아니다. 오래된 비디오로나 어렵게 볼 수 있었던 살사의 전설들이 펼치는 공연과 재즈, 팝까지. 페루 사람들이 음악을 좋아하는 건 알았지만, 이렇게 오래된 자료들을 DVD로 만들어 판매할 줄이야. 돌아가면 친구들과 함께 보면서 즐기고 싶다.

가끔 집 옥상에 올라가 빨래를 해 널고, 동네를 내려다보며 음악을 들었다. 무심한 표정으로 지나가는 개, 졸고 있는 경비 아저씨, 멀리 보이는 물탱크와 다른 집에 널려 있는 빨래. 서울에서는 그냥 무심코 지나갔을 풍경도 왜 멀리 떨어져 있는 곳에선 달리 보이고, 평화롭게만 느껴질까.

나의 건조한 일상을 이 먼 곳으로 옮겨와 윤기 있는 모습으로 다시 변화시키고 새롭게 생각하는 것. 여행이 마무리되어가는 지금, 나에게 가장 중요한 마인드 컨트롤이다. 모든 일을 즐겁게! 어디든 고향이면서 타향이니까.

우안차코의 노을과 토토라

　며칠 전 유적지 투어를 하던 날의 마지막 목적지가 바로 이곳, 노을이 아름답다는 우안차코(Huanchaco)였다. 그날도 충분히 노을이 아름다웠는데 투어 끝내고 돌아오는 나를 기다리고 있던 영미 말로는 너무 늦게 와서 제대로 못 보았을 거라나. 그래서 일주일쯤 지나 일하던 학교에 마지막 인사를 하러 간 영미 대신, 다른 곳에서 근무하는 의선 씨와 버스를 타고 우안차코로 향했다. 트루히요 중심부에선 버스로 40분 정도 떨어져 있다.

　우안차코의 명물은 멀리 뻗어 있는 선창과 2천 년부터 있었다는, 짚으로 만든 고깃배 '토토라(Totora)'. 남부 푸노의 호수에도 많지만 이곳 토토라의 모양은 조금 길고 좁다. 사람 하나 겨우 들어갈 만한 자리는 낚은 물고기를 담기 위한 것이고, 어부는 그 위에 걸터앉아 작업을 한다. 놀랍게도 지금까지 어부들은 이 짚배를 타고 나가 고기를 잡는단다.

　해가 잘 보이는 곳으로 자리를 잡고 앉아 멍하게 하늘을 바라보고 있는데 토토라를 끌고 나가 고기를 잡아온 어부가 마침 뭍으로 돌아온다. 배를 끌어대자, 어린아이 둘이 나타나 그물을 내리고 물고기를 모래에 쏟는 일을 돕는다. 아마도 자식들이겠지.

　고기 아가미를 벌려 짚에 꿰다가 '비슷한 크기의 물고기끼리 꿰어야 한다'는 아버지의 말에 둘이 한참을 의논해가며 정리한 고기를 바닷물에 잘

헹궈오는가 싶더니…… 서런! 모래에 떨어뜨려 치음부터 다시 시자하는 아이들의 모습이 너무나 어설프고, 귀엽고, 사랑스러워 계속 웃음이 나온다. 내가 여기 사는 주부라면 내려가서 녀석들이 모래 위에 계속 굴리고 있는 생선을 몇 마리라도 사줬을 텐데. 아빠는 열심히 다음 고기잡이에 쓸 그물을 바닷물에 빨고, 아이들은 묶은 생선을 들고 서 있는 평화로운 어촌 풍경. 그들 덕에 나도 마음이 느긋해진다.

　아이들에게 시선이 팔린 사이, 빨갛고 동그랗게 빛나던 해가 순식간에 바다로 들어간다. 해 지는 모습을 처음부터 보니 과연 말로도, 사진으로도 보여주기 힘들 정도로 아름답다. 그저 해가 붉게 타오르다 넘어가는 것이 아니라, 바닷물을 아름다운 빛으로 물들이다가 천천히 사라진다.

　해 지는 바닷가에 혼자 서 있는 배처럼 쓸쓸하고 마음 시린 풍경이 또 있을까? 모래사장에 덩그러니 놓여 있는 작은 돌 하나, 지는 해를 바라보고 해바라기처럼 서 있는 배의 모습, 모두모두 내 마음속에 가라앉아 있는 쓸쓸함을 불러낸다. 하지만 그 평화로운 고요함 덕에 외로움은 금세 치유된다.

그래, 지는 해와 물든 바다의 빛깔. 이렇게 사치스러운 고독을 즐길 시간도 이제 얼마 남지 않았다.

해 지는 바닷가에 혼자서 노을을 보는 배의 쓸쓸한 모습. 그 모습을 보고 있는 나도 어쩔 수 없이 쓸쓸해진다.

이카로 가는 길

그저 막연하게, 사막에 가고 싶다고 생각했는데 운 좋게도 여행 마지막 즈음, 사막으로 떠나게 됐다. 임기가 끝나면 전에 근무하던 이카에 한번 가보려고 했다는 영미와 함께. 와인은 물론 페루의 술 피스코의 생산지이 자 가장 인간 친화적인 사막이라는 와카치나(Huacachina)가 있는 이카. 사 막도, 피스코도 내겐 모두 다 처음이다.

트루히요에서 야간 버스를 타고, 아침나절 리마에 도착했다. 이카로 가 는 버스는 오후. 수하물 관리하는 곳에 미리 짐을 맡기고 말로만 듣던, 그 토록 경치가 좋다는 미라플로레스(Miraflores)로 향했다.

리마는 원래 이곳을 점령한 스페인 사람들이 사람들에게 수도를 추천하 라고 하자, 어디 한번 골탕 먹어봐라 하는 마음에서 골라준 도시란다. 날 씨가 얼마나 변덕스럽고 흐리던지 황금의 도시라는 페루와는 왠지 이미지 가 안 맞는다. 게다가 그 아름답다던 미라플로레스의 바닷가 해안은 너무 오염되어 보였다. 오물들이 바닷가로 밀려오고, 꽤 멀리 떨어진 곳에서 내 려다보고 있었는데도 냄새가 심했다. 하늘은 우중충하고 온통 회색인 것 이 겨울에는 더 심하다고 한다.

미라플로레스 같은 관광지는 지난해 열린 '아셈(ASEM)' 덕에 깨끗이 정 돈되어 있고, 어딜 가나 누구든지 사용할 수 있는 무선 인터넷이 잡힌다.

하지만 이렇게 드넓은 바닷가 바로 옆에 고속도로가 있고, 회색 건물이 들어설 수밖에 없는 이유는 흐리고 우울한 날씨와 주변의 생활 오수가 흘러들어간 바다 때문인 듯하다. 아쉽다. 아름다운 풍경과 자갈이 깔린 해변에 햇살이 내리쬔다면 정말 아름다울 텐데.

이카가 가까워지면서, 그 끔찍한 지진이 얼마나 규모가 컸는지 조금씩 느껴지기 시작한다. 무너진 집에 대충 지붕만 얹은 채 살고 있는 사람들, 한창 복구 공사 중인 집들. 그리고 황량한 풍경이 계속 펼쳐진다. 자연 앞에서는 그저 무방비 상태여야 하는 나약한 인간들. 그런 고통 속에서 어떻게든 살아남은 사람은 자연에게서 받은 상처를 어떻게 치유해야 하는 걸까. 그 트라우마의 깊이를 나는 짐작조차 못하겠다.

Samba reggae

사막 아래 재래시장과 보데가

아침부터 서둘러 이카의 '톨레도 재래시장'으로 출발했다. 아무래도 시골 장이라 기대가 크다.

시장은 물건도 많고, 사람도 많고, 계속 접촉 사고를 일으킬 만큼 티코 택시들도 많다. 그리고 놀라운 것은 시장 하늘 너머로 와카치나 사막이 보인다는 점. 넓은 사막의 일부분이겠지만 사막 아래 시장이 자리하고 있는 셈이다.

넘쳐나는 채소와 과일, 수천 종류의 감자를 땅의 고도에 맞춰 각각 다르게 재배해 먹을 줄 알았다는 잉카의 후예답게 온갖 종류의 감자들이 가득했다. 가능하다면 다른 모양의 감자들을 하나씩만 사서 삶은 뒤 쪼개보고 싶었지만 오늘은 보는 것만으로 만족한다. 대신 여행 중 신세지고 있는 기남 씨네 그리고 영미와 함께 저녁에 만들어 먹을 피스코 사워를 위한 라임을 비롯해 과일과 채소들을 조금씩 샀다.

풍부한 식재료들만큼 기억에 남는 것은 카메라를 보고 활짝 웃어준 수많은 사람들이다. 감자와 사과를 팔다가, 널어놓은 고기 사이로, 자신의 물건을 자랑스럽게 들고 사진을 찍어달라며 웃던 아주머니와 선글라스를 낀 멋쟁이 할아버지. 동생과 함께 다가온 귀여운 여자아이까지. 시장에서 만나는 사람들은 언제나 착하고 따뜻하고 정겹다.

Samba reggae

모두들 카메라를 보고 웃어준다.
선글라스를 끼고, 동생을 데리고, 직접 만든 치즈를 들고
밥을 먹다가도.

집으로 돌아와 잠시 쉬다가 기남 씨의 친구가 운전하는 오토바이 택시를 타고, 좀 멀리 떨어져 있는, 페루의 술 '피스코'를 만드는 '보데가(Bodega)'로 출발. 오토바이 택시는 재미있지만 이렇게 건조한 이카에서 장거리를 타기에는 약간 곤란한 교통수단이다. 문이 없어 고스란히 흙먼지를 마시고 뒤집어쓸 수밖에. 하여간 울퉁불퉁한 거리를 30분쯤 달려 '보데가 라소(Bodega Lazo)'에 도착했다. 대낮인데 벌써부터 정원에 앉아 술판을 벌이는 사람들이 눈에 띈다. 하긴 오늘은 토요일이니 대낮부터 취해도 상관없겠지.

벽에는 발로 포도를 으깨는 그림과 포도를 든 사람들의 모습이 그려져 있다. 아직도 발로 포도를 으깨는지는 모르겠지만 하나도 정리가 안 되고, 조금은 지저분한 모습이 이 보데가의 매력인 것 같다. '술 좋아하는 사람은 아무나 들어와서 한잔하고 가' 하는 분위기를 풍긴다. 술 저장 창고도 보데가 주인들이 대대손손 물려받았다는 골동품들로 가득 차 있다.

이카 와인의 대부분은 이탈리아 포도로 만들어진다. 와인을 발효시켜 만드는 피스코도 물론 그렇다. 품종을 알고 싶었지만 이탈리아 포도라는 말만 해주는 주인아저씨. 도기에서 발효되고 있는 네 종류의 피스코를 조금씩 마셔볼 수 있었다. 지진이 일어났을 때 많이 깨졌다는데 잘 이어 붙여 사용하고 있는 듯. 하지만 영미는 예전보다 맛이 뭔가 덜한 것 같단다.

대나무 통을 병에 넣었다가 빼 작은 잔에 담아주는데, 대부분 미묘한 단맛이 느껴진다. 그리고 독하다. 피스코의 알코올 도수는 44도. 먼지 쌓인 길을 달려온 목을 단번에 시원하게 틔워준다. 잘 만든 독주가 대부분 그렇듯 피스코 역시 많이 마셔도 뒤끝이 깨끗하단다.

멘도사와 마찬가지로 이카에서도 2월 말 포도 수확기에 와인 축제 '벤디미아(Vendimia)'가 열린다고 한다. 밤새 마시고 또 마시고, 음악과 춤을 즐기며 포도로 만든 신비한 음료수를 같이 찬양하는 시간.

　남미의 2월, 여름은 어딜 가나 가장 즐거운 시기임에 틀림없다. 곳곳의 벤디미아와 카니발. 언제일지는 몰라도 꼭 한 번 이곳의 벤디미아에 와서 사람들이 술을 마시고, 가식에서 벗어나는 모습을 보고 싶다. 뭐든 너무 심하면 안 되겠지만, 가끔 술병 속 세상처럼 편하고, 즐겁고, 모든 사람들이 예뻐 보이는 곳도 없다는 생각이 든다.

피스코를 만드는 보데가에서의 테이스팅. 그리고 사온 피스코로 만든 피스코 사워. 숙성용 술독들이 이카를 강타한 지진 때문에 많이 손상되었다고 한다.

남미 뽕짝의 결정판,
메렝게와 쿰비아

브라질과 멕시코 그리고 이곳 페루에서는 어딜 가나 음악이 흐른다. 길 거리에도 공원에도 사람들의 카 오디오에서도, 가게에서도, 버스와 택시 에서도.

멕시코 사람들은 살사(Salsa)와 룸바(Rumba), 메렝게(Merengue)를 즐겨 듣는데, 이곳 페루에서는 살사도 듣지만 쿰비아(Cumbia)가 자주 나온다. 살사를 추면서 가끔 단조로운 스텝에 양옆으로 왔다 갔다 하는 쿰비아만 생각했는데 페루의 쿰비아는 좀 더 빠르고, 개인이 아닌 그룹이 연주하는 스타일로 진화되어 있었다. 누가 뭐라 해도 쿰비아는 지금 페루에서 가장 인기 있는 음악 장르라고 한다.

이카의 기남 씨는 페루에서 일하며 이곳 문화도 알고 사람들과 잘 어울 려 지내고 싶어 인기 있는 쿰비아를 듣기 시작했단다. 정말 멋진 생각이 아닌가? 처음에는 너무 정신없고, 들어도 다 똑같은 노래인 듯해서 뭐가 뭔지 몰랐는데 계속 듣다 보니 좋아지고, 공연장에 직접 가서 사람들과 놀 기도 해보니 자신도 모르게 쿰비아의 매력에 빠져들게 되더란다.

가사집도 구입해서 따라 부른다는데, 자고로 외국 말 배우는 가장 좋은 방법 중 하나가 노래를 부르는 거다. 나도 살사 바 다니면서 음악 열심히 들을 때, 스페인어 단어 많이 늘었었는데. 물론 남녀상열지사에 관련된 단

어이긴 하지만 말이다. 사랑한다, 잊지 마라, 가버려라, 아파할 거야, 잊지 못할 거야, 잊어야 돼, 돌아와, 이런 단어들이 무한 반복된다.

쿰비아 못지않게 내가 좋아하는 메렝게도 노골적이고 단순한 리듬의 반복이다. 음악적으로는 진지한 구석이 전혀 없는, 유치하군 유치해! 소리가 절로 나오는 남미판 뽕짝이다. 트로트도 아닌, 고속도로 메들리에 가깝다.

하지만 그 단순한 리듬과 유치한 가사를 듣는 사람들은 모두 다 똑같이 평등해진다. 아주 단순한 스텝으로, 5분만 배우면 출 수 있는 쿰비아와 메렝게는 참 많이 닮았다. 낮에 사온 피스코 샤워와 소주를 마시며 리마로 가는 새벽 버스를 타야 할 시간을 기다린다. 이제 정말, 곧 남미를 떠난다.

와카치나 사막

해 지는 것을 사막에서 보기 위해 4시가 좀 넘어서 와카치나에 도착했다. 사막으로 들어가는 유일한 교통수단은 '부기 카(Buggy Car)'. 이미 많은 사람들이 해질녘의 사막을 구경하려고 모여들어 있었다.

오아시스를 중심으로 레스토랑과 숙박 시설이 둘러싸고, 바로 뒤에 드넓은 사막이 펼쳐진 와카치나. 사막은 처음이지만 그동안 책이며 TV에서 만났던 사막과는 많이 다르다. 사막은 사람들이 서둘러 지나가거나, 오아시스를 찾아 애타게 헤매는 곳인 줄만 알았는데 이곳에서는 오아시스를 중심으로 사막과 인간이 사이좋게 공존하고 있다.

바람이 워낙 세게 부는 데다 모래가 들어갈 수 있다고 해서 카메라도 지퍼 백에 집어넣고, 모양 안 나지만 가방을 메고, 그 위에 재킷을 입었다. 두건으로 산적같이 입도 막고, 목에 거는 선글라스는 부기 카를 운전하는 친구가 제공한다.

드디어 사막으로 출발. 일부분을 둘러보는 데 두 시간 정도 걸린다고 한다. 매일같이 모양이 바뀌는 사막에서 부기 카를 운전하는 사람들은 정말 프로다. 빠르고, 모래언덕을 따라 때로는 천천히, 때로는 롤러코스터처럼

앞으로 곤두박질치며 자유자재로 사막을 누빈다. 워낙 롤러코스터를 좋아하는 내가 계속 소리 지르며 좋아하자 운전하는 친구도 재미있는지 더 울렁거리는 언덕들로만 골라 다녔다.

이곳은 특히 샌드 보딩으로 유명한데 스노 보딩을 하듯 자세를 잡고 하는 사람은 아무도 없다. 경사가 워낙 가파른 탓에 눈썰매를 타듯 엎드려서 내려와야 한다. 하지만 워낙 순식간에 내려와 무서워할 겨를도 없다. 특히 몸무게가 좀 나가는 사람들은 가속이 붙기 때문에 더 순식간이다.

저물어가는 해와 모래, 나 혼자 그 안에 붕 떠 있는 듯한 기분. 부기 카와 내가 걸어온 발자국을 보고 있으니 마치 전혀 다른 행성에 살고 있는 듯한 기분이 든다. 나를 들여다보기 위해 떠난 여행, 이곳에서는 나를 들여다볼 수밖에 없다. 오직 내 모습만 보인다. 사막은 나만 혼자 이곳에 머물고 있다는 느낌이 들게 만들어주는 곳이었다.

해질녘, 비행기가 천천히 움직이는 활주로의 풍경, 새벽에 도착한 도시의 안개 낀 강가, 비 오는 도시의 어두운 거리, 느린 삼바가 흐르는 바닷가, 아무 소리도 들리지 않는 폭포, 그리고 사방이 고요한 산속의 호스텔. 그 모든 쓸쓸하고 고독한 장소에서는 나와 나를 둘러싼 많은 이들을 생각하며 시간을 보내고 눈물을 흘렸는데, 이곳에서는 담담하게 내가 나를 바라보고 있다. 사막과 눈물은 어울리지 않으니까.

앉아서 노을을 보며, 모래 위에 이런저런 글들을 써본다. 좋아하는 사람의 이름, 앞으로 하고 싶은 일, 걱정되는 일, 원하는 것, 스스로에게 기운을 불어넣는 말들. 안 좋은 일들은 덮어버리고 좋은 일은 토닥거려본다. 이곳의 모래알처럼은 아니더라도, 아직 살아갈 날들이 많고, 즐겁고 행복한 일이 더 많을 거라고. 슬픈 일이 있고, 억울하거나 버림받는 일이 있더라도 묵묵히 덮어버리고 갈 길을 가야 한다고.

그리고 무엇보다 지금 이 순간 내가 이곳에 있는 것은 누구보다 행복한 일이라고, 많은 사람에게는 주어지지 않은 행운이라고.

¡Samba reggae

나를 들여다보기 위해 떠난 여행.
사막에서는 특히 나만 들여다볼 수밖에 없다.
가장 고독하고 쓸쓸한 곳이니까.

EPILOGUE

남미를 떠나며…

잘 있어, 남미!!
짧고도 긴 시간 동안 정말 즐거웠어.

내 마음에 불씨가 남아 있다면
다시 일으켜보고 싶다는 생각에 떠나온 여행.
다른 곳도 아닌 남미로 시작하는 것이
어쩌면 너무나 당연하면서도, 망설여졌지만
지금은 그저 행복해.

반년 가까운 시간 동안 여기 머물면서 난 변했어.
조금 더 느긋해졌고 초조해하기도 하고
난 좀 더 많이 웃게 되고 밤에 달을 보며 울기도 해.
진득한 공기가 흐르는 바닷가와 빈민가와 오래된 건물을 지나
매일같이 바람으로 인해 모양이 바뀐다는 사막까지 왔어.

조용히 부드럽게 흐르는, 강하고도 아름다운 사막.
사막은 결코 메마른 곳이 아니었어.
따뜻한 공기, 뜨거운 열기, 아름다운 하늘,
부드러운 모래 그리고 밤의 차가움까지.
그 어느 곳보다 사람들의 감정을 이끌어내는 곳.

아마도 쓸모없는 기억들과, 고여 있는 안 좋은 기억들의
눅눅한 수분들과 굳어 있는 괴로움들을 말려버리고
내게 꼭 필요한 감정과 아름다움 같은 좋은 것들만 남겨주는 모양이야.

지금 이곳을 떠나는 내가 그 어느 때보다 아름다운 걸 알아.
피곤한 여행자의 일상이지만 그 어느 때보다
내 발은 가볍고, 심장은 튼튼하게 뛰고 있어.
한 치 앞도 알 수 없는 인생이지만 난 지금 살아가고 있고,
그리고 사랑하고 있으니까.
비록 그 삶과 사랑 때문에 힘들고 외로워도
내 인생이니까.
꾸덕꾸덕 마른 마음으로 다시 진흙탕에서 굴러볼 거야.

다시 견딜 수 없을 만큼 습기가 차오르면, 너를 생각할게.
언젠가 또다시 만날 수 있겠지.

안녕, 남미.

청춘남미

초판 1쇄 2009년 3월 7일
2쇄 2009년 5월 31일

글 · 사진 차유진
펴낸이 계명훈
기획 · 진행 f · book
마케팅 함송이
경영지원 이나영

디자인 Design group All(02-776-9862)
출력 · 인쇄 애드샵

펴낸곳 for book
주소 서울시 마포구 공덕동 105-219 정화빌딩 3층
판매 문의 02-753-2700(에디터)
등록 2005년 8월 5일 제 2-4209호

값 13,000원
ISBN 978-89-93418-08-8 03810